黄公望「九珠峯翠圖」。黃公望（1269-1354），江蘇常熟人（或作浙江富陽人），作畫筆勢雄偉簡明，山水以淺絳設色為多，本圖亦然。

「元代四大家」為黃公望、王蒙、吳鎮、倪瓚；以黃公望居首。四大家畫法獨創，不似趙孟頫之注重臨摹。四人皆敦品勵行，為人風格甚高。四大家均與張無忌為同時代人，年紀長於張無忌。黃、吳二人逝世時，張無忌當正在幽谷中參修九陽真經，王、倪二人於明朝洪武年間逝世。原畫藏台北故宮博物院。

元人「射雁圖」

蒙古武士行獵圖——波斯畫家作，伊朗德黑蘭皇家圖書館藏。

蒙古武士行獵圖

蒙古武士鬥大鵰圖——土耳其伊斯坦堡博物院藏。

蒙古大軍攻城圖——法國巴黎國家圖書館藏。兩圖均為古波斯畫家所作。

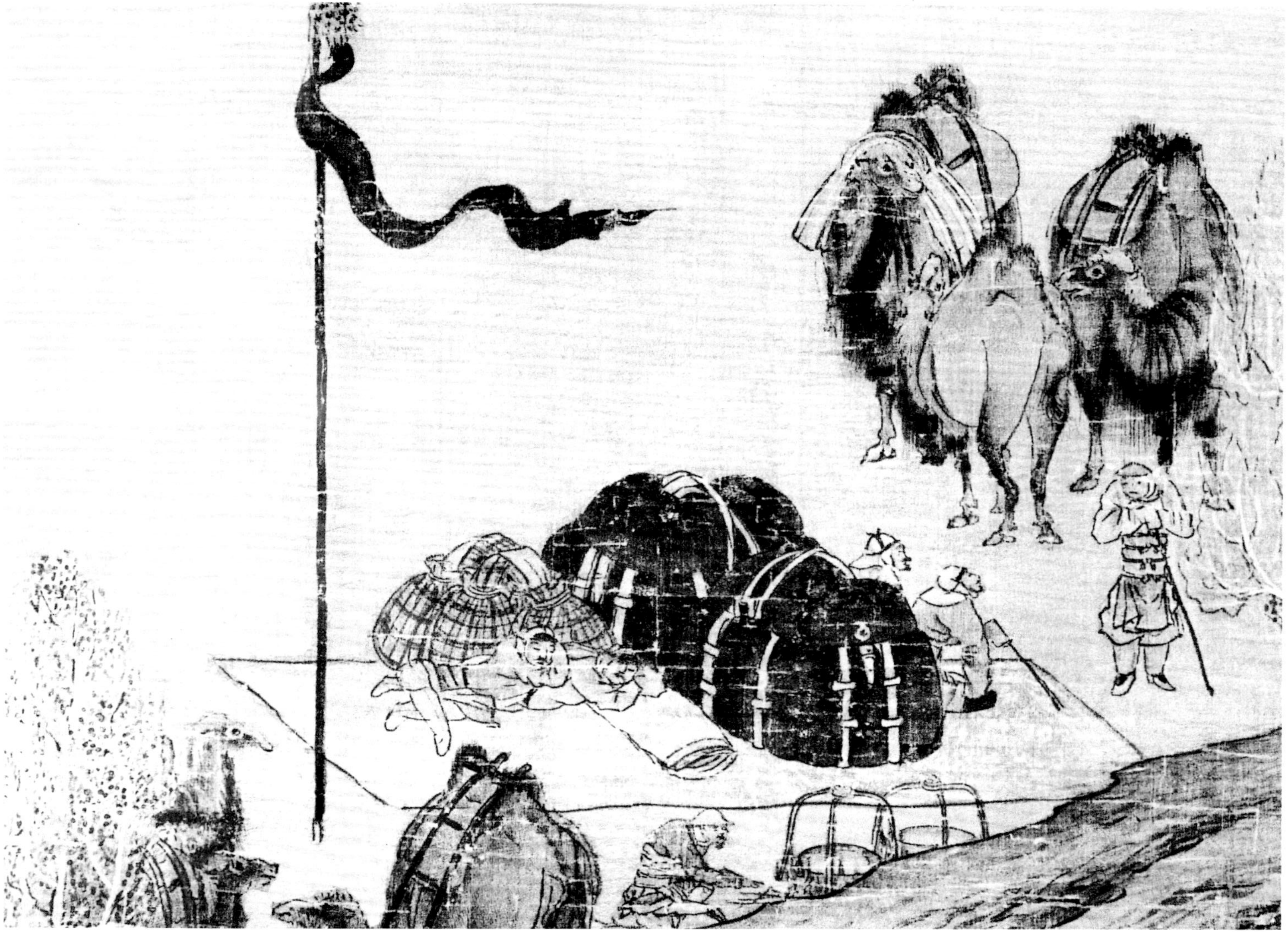

元人「平沙卓歇圖」——蒙古人在沙漠中旅行暫歇的實景。

元朝的鈔票：元朝有兩個「至元」年號，一是元世祖的，共三十一年；一是元順帝的，共六年。

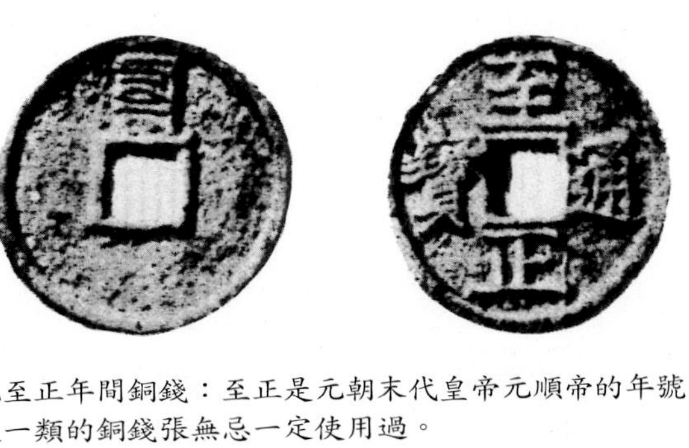

元至正年間銅錢：至正是元朝末代皇帝元順帝的年號，這一類的銅錢張無忌一定使用過。

元代的銅鏡：古代銅鏡往往有照面及辟邪的雙重作用，下為漢梵兩體準提咒文鏡。

大字版

倚天屠龍記

金庸

①屠龍寶刀

大字版金庸作品集㉛
倚天屠龍記 (1)屠龍寶刀 「公元2005年金庸新修版」
The Heavenly Sword and the Dragon Sabre, Vol. 1

作　者／金　庸

封面設計／唐壽南　內頁插畫／姜雲行

發 行 人／王 榮 文
出版・發行／遠流出版事業股份有限公司
臺北市中山北路一段11號13樓
電話／2571-0297　**傳真**／2571-0197　**郵撥**／0189456-1

□2005年3月16日　初版一刷
□2022年3月16日　二版六刷

大字版　每冊 *380* 元（本作品全八冊，共3040元）
〔另有典藏版共36冊（不分售），平裝版共36冊，新修版共36冊，新修文庫版共72冊〕

ISBN　978-957-32-8103-0（**套：大字版**）
ISBN　978-957-32-8095-8（**第一冊：大字版**）
Printed in Taiwan

YLib 遠流博識網
http://www.ylib.com　E-mail:ylib@ylib.com

「金庸作品集」新序

金庸

小說是寫給人看的。小說的內容是人。

小說寫一個人、幾個人、一羣人、或成千成萬人的性格和感情。他們的性格和感情從橫面的環境中反映出來，從縱面的遭遇中反映出來，從人與人之間的交往與關係中反映出來。長篇小說中似乎只有《魯濱遜飄流記》，才只寫一個人，寫他與自然之間的關係，但寫到後來，終於也出現了一個僕人「星期五」。只寫一個人的短篇小說多些，尤其是近代與現代的新小說，寫一個人在與環境的接觸中表現他外在的世界、內心的世界，尤其是內心世界。有些小說寫動物、神仙、鬼怪、妖魔，但也把他們當作人來寫。

西洋傳統的小說理論分別從環境、人物、情節三個方面去分析一篇作品。由於小說作者不同的個性與才能，往往有不同的偏重。

基本上，武俠小說與別的小說一樣，也是寫人，只不過環境是古代的，主要人物是有武功的，情節偏重於激烈的鬬爭。任何小說都有它所特別側重的一面。愛情小說寫男女之間與性有關的感情和行動，寫實小說描繪一個特定時代的環境與人物，《三國演義》與《水許》一類小說敘述大羣人物的鬬爭經歷，現代小說的重點往往放在人物的心理過程上。

小說是藝術的一種，藝術的基本內容是人的感情和生命，主要形式是美，廣義的、美學上的美。在小說，那是語言文筆之美、安排結構之美，關鍵在於怎樣將人物的內心世界通過某種形式而表現出來。甚麼形式都可以，或者是作者主觀的剖析，或者是客觀的敘述故事，從人物的行動和言語中客觀的表達。

讀者閱讀一部小說，是將小說的內容與自己的心理狀態結合起來。同樣一部小說，有的人感到強烈的震動，有的人卻覺得無聊厭倦。讀者的個性與感情，與小說中所表現的個性與感情相接觸，產生了「化學反應」。

武俠小說只是表現人情的一種特定形式。作曲家或演奏家要表現一種情緒，用鋼琴、小提琴、交響樂、或歌唱的形式都可以，畫家可以選擇油畫、水彩、水墨、或版畫的形式。問題不在採取甚麼形式，而是表現的手法好不好，能不能和讀者、聽者、觀賞者的心靈相溝通，能不能使他的心產生共鳴。小說是藝術形式之一，有好的藝術，也有不好的藝術。

好或者不好，在藝術上是屬於美的範疇，不屬於眞或善的範疇。判斷美的標準是美，是感情，不是科學上的眞或不眞（武功在生理上或科學上是否可能），道德上的善或不善，也不是經濟上的值錢不值錢，政治上對統治者的有利或有害。當然，任何藝術作品都會發生社會影響，自也可以用社會影響的價值去估量，不過那是另一種評價。

在中世紀的歐洲，基督教的勢力及於一切，所以我們到歐美的博物院去參觀，見到所有中世紀的繪畫都以聖經故事爲題材，表現女性的人體之美，也必須通過聖母的形象。直到文藝復興之後，凡人的形象才大量在繪畫和文學中表現出來，所謂文藝復興，是在文藝上復興希臘、羅馬時代對「人」的描寫，而不再集中於描寫天使與聖人。

中國人的文藝觀，長期以來是「文以載道」，那和中世紀歐洲黑暗時代的文藝思想是一致的，用「善或不善」的標準來衡量文藝。《詩經》中的情歌，要牽強附會地解釋爲諷刺君主或歌頌后妃。對於陶淵明的〈閒情賦〉，司馬光、歐陽修、晏殊的相思愛戀之詞，或惋惜地評之爲白璧之玷，或好意地解釋爲另有所指。他們不相信文藝所表現的是感情，認爲文字的唯一功能只是爲政治或社會價值服務。

我寫武俠小說，只是塑造一些人物，描寫他們在特定的武俠環境（中國古代的、缺乏法治的、以武力來解決爭端的不合理社會）中的遭遇。當時的社會和現代社會已大不相同，人的性格和感情卻沒有多大變化。古代人的悲歡離合、喜怒哀樂，仍能在現代讀者的心靈中引起相應的情緒。讀者們當然可以覺得表現的手法拙劣，技巧不夠成熟，描寫殊不深刻，以美學觀點來看是低級的藝術作品。無論如何，我不想載甚麼道。我在寫武俠小說的同時，也寫政治評論，也寫與歷史、哲學、宗教有關的文字，那與武俠小說完全不同。涉及思想的文字，是訴諸讀者理智的，對這些文字，才有是非、眞假的判斷，讀者或許同意，或許只部份同意，或許完全反對。

對於小說，我希望讀者們只說喜歡或不喜歡，只說受到感動或覺得厭煩。我最高興的是讀者喜愛或憎恨我小說中的某些人物，如果有了那種感情，表示我小說中的人物已和讀者的心靈發生聯繫了。小說作者最大的企求，莫過於創造一些人物，使得他們在讀者心中變成活生生的、有血有肉的人。藝術是創造，音樂創造美的聲音，繪畫創造美的視覺形象，小說是想創造人物、創造故事，以及人的內心世界。假使只求如實反映外在世界，那麼有了錄音機、照相機，何必再要音樂、繪畫？有了報紙、歷史書、記錄電視片、社會調查統計、醫生的病歷紀錄、黨部與警察局的人事檔案，何必再要小說？

武俠小說雖說是通俗作品，以大衆化、娛樂性強爲重點，但對廣大讀者終究是會發生影響的。我希望傳達的主旨，是：愛護尊重自己的國家民族，也尊重別人的國家民族；和平友好，互相幫助；重視正義和是非，反對損人利己；注重信義，歌頌純眞的愛情和友誼；歌頌奮不顧身的爲了正義而奮鬥；輕視爭權奪利、自私可鄙的思想和行爲。武俠小說並不單是讓讀者在閱讀時做「白日夢」而沉緬在偉大成功的幻想之中，而希望讀者們在幻想之時，想像自己是個好人，要努力做各種各樣的好事，想像自己要愛國家、愛社會、幫助別人得到幸福，由於做了好事、作出積極貢獻，得到所愛之人的欣賞和傾心。

武俠小說並不是現實主義的作品。有不少批評家認定，文學上只可肯定現實主義一個流派，除此之外，全應否定。這等於是說：少林派武功好得很，除此之外，甚麼武當派、崆峒派、太極拳、八卦掌、彈腿、白鶴派、空手道、跆拳道、柔道、西洋拳、泰拳等等全部應當廢除取消。我們主張多元主義，既尊重少林武功是武學中的泰山北斗，而覺得別的小門派也不妨並存，它們或許並不比少林派更好，但各有各的想法和創造。愛好廣東菜的人，不必主張禁止京菜、川菜、魯菜、徽菜、湘菜、維揚菜、杭州菜、法國菜、意大利菜等等派別，所謂「蘿蔔青菜，各有所愛」是也。不必把武俠小說提得高過其應有之份，也不必一筆抹殺。甚麼東西都恰如其份，也就是了。

我寫這套總數三十六冊的《作品集》，是從一九五五年到七二年，前後約十五、六年，包括十二部長篇小說，兩篇中篇小說，一篇短篇小說，一篇歷史人物評傳，以及若干篇歷史考據文字。出版的過程很奇怪，不論在香港、臺灣、海外地區，還是中國大陸，都是先出各種各樣翻版盜印本，然後再出版經我校訂、授權的正版本。在中國大陸，在「三聯版」出版之前，只有天津百花文藝出版社一家，是經我授權而出版了《書劍恩仇錄》。他們校印認眞，依足合同支付版稅。我依足法例繳付所得稅，餘數捐給了幾家文化機構及支助圍棋活動。這是一個愉快的經驗。除此之外，完全是未經授權的，直到正式授權給北京三聯書店出版。「三聯版」的版權合同到二〇〇一年年底期滿，以後中國內地的版本由廣州出版社出版，主因是港粵鄰近，業務上便於溝通合作。

翻版本不付版稅，還在其次。許多版本粗製濫造，錯訛百出。還有人借用「金庸」之名，撰寫及出版武俠小說。寫得好的，我不敢掠美；至於充滿無聊打鬥、色情描寫之作，可不免令人不快了。也有些出版社翻印香港、臺灣其他作家的作品而用我筆名出版發行。我收到過無數讀者的來信揭露，大表憤慨。也有人未經我授權而自行點評，除馮其庸、嚴家炎、陳墨三位先生功力深厚、兼又認眞其事，我深爲拜嘉之外，其餘的點評大都與作者原意相去甚遠。好在現已停止出版，出版者道歉賠償，糾紛已告結束。

有些翻版本中，還說我和古龍、倪匡合出了一個上聯「冰比冰水冰」徵對，眞正是大開玩笑了。漢語的對聯有一定規律，上聯的末一字通常是仄聲，以便下聯以平聲結尾，但「冰」字屬蒸韻，是平聲。我們不會出這樣的上聯徵對。大陸地區有許許多多讀者寄了下聯給我，大家浪費時間心力。

爲了使得讀者易於分辨，我把我十四部長、中篇小說書名的第一個字湊成一副對聯：「飛雪連天射白鹿，笑書神俠倚碧鴛」。（短篇《越女劍》不包括在內，偏偏我的圍棋老師陳祖德先生說他最喜愛這篇《越女劍》。）我寫第一部小說時，根本不知道會不會再寫第二部；寫第二部時，也完全沒有想到第三部小說會用甚麼題材，更加不知道會用甚麼書名。所以這副對聯當然說不上工整，「飛雪」不能對「笑書」，「連天」不能對「神俠」，「白」與「碧」都是仄聲。但如出一個上聯徵對，用字完全自由，總會選幾個比較有意思而合規律的字。

有不少讀者來信提出一個同樣的問題：「你所寫的小說之中，你認爲哪一部最好？最喜歡哪一部？」這個問題答不了。我在創作這些小說時有一個願望：「不要重複已經寫過的人物、情節、感情，甚至是細節。」限於才能，這願望不見得能達到，然而總是朝著這方向努力，大致來說，這十五部小說是各不相同的，分別注入了我當時的感情和思想，主要是感情。我喜愛每部小說中的正面人物，爲了他們的遭遇而快樂或惆悵、悲傷，有時會非常悲傷。至於寫作技巧，後期比較有些進步。但技巧並非最重要，所重視的是個性和感情。

這些小說在香港、臺灣、中國內地、新加坡曾拍攝爲電影和電視連續集，有的還拍了三、四個不同版本，此外有話劇、京劇、粵劇、音樂劇等。跟著來的是第二個問題：「你認爲哪一部電影或電視劇改編演出得最成功？劇中的男女主角哪一個最符合原著中的人物？」電影和電視的表現形式和小說根本不同，很難拿來比較。電視的篇幅長，較易發揮；電影則受到更大限制。再者，閱讀小說有一個作者和讀者共同使人物形象化的過程，許多人讀同一部小說，腦中所出現的男女主角卻未必相同，因爲在書中的文字之外，又加入了讀者自己的經歷、個性、情感和喜憎。你會在心中把書中的男女主角和自己或自己的情人融而爲一，而每個讀者性格不同，他的情人肯定和你的不同。電影和電視卻把人物的形象固定了，觀衆沒有自由想像的餘地。我不能說那一部最好，但可以說：把原作改得面目全非的最壞，最自以爲是，最瞧不起原作者和廣大讀者。

武俠小說繼承中國古典小說的長期傳統。中國最早的武俠小說，應該是唐人傳奇的《虬髯客傳》、《紅線》、《聶隱娘》、《崑崙奴》等精彩的文學作品。其後是《水滸傳》、《三俠五義》、《兒女英雄傳》等等。現代比較認眞的武俠小說，更加重視正義、氣節、捨己爲人、鋤強扶弱、民族精神、中國傳統的倫理觀念。讀者不必過份推究其中某些誇張的武功描寫，有些事實上是不可能的，只不過是中國武俠小說的傳統。聶隱娘縮小身體潛入別人的肚腸，然後從他口中躍出，誰也不會相信是眞事，然而聶隱娘的故事，千餘年來一直爲人所喜愛。

我初期所寫的小說，漢人皇朝的正統觀念很強。到了後期，中華民族各族一視同仁的觀念成爲基調，那是我的歷史觀比較有了些進步之故。這在《天龍八部》、《白馬嘯西風》、《鹿鼎記》中特別明顯。韋小寶的父親可能是漢、滿、蒙、回、藏任何一族之人。即使在第一部小說《書劍恩仇錄》中，主角陳家洛後來也對回教增加了認識和好感。每一個種族、每一門宗教、某一項職業中都有好人壞人。有壞的皇帝，也有好皇帝；有很壞的大官，也有眞正愛護百姓的好官。書中漢人、滿人、契丹人、蒙古人、西藏人……都有好人壞人。和尚、道士、喇嘛、書生、武士之中，也有各種各樣的個性和品格。有些讀者喜歡把人一分爲二，好壞分明，同時由個體推論到整個羣體，那決不是作者的本意。

歷史上的事件和人物，要放在當時的歷史環境中去看。宋遼之際、元明之際、明清之際，漢族和契丹、蒙古、滿族等民族有激烈鬪爭；蒙古、滿人利用宗教作爲政治工具。小說所想描述的，是當時人的觀念和心態，不能用後世或現代人的觀念去衡量。我寫小說，旨在刻畫個性，抒寫人性中的喜愁悲歡。小說並不影射甚麼，如果有所斥責，那是人性中卑汚陰暗的品質。政治觀點、社會上的流行理念時時變遷，不必在小說中對暫時性的觀念作價值判斷。人性卻變動極少。

在劉再復先生與他千金劉劍梅合寫的《父女兩地書》（共悟人間）中，劍梅小姐提到她曾和李陀先生的一次談話，李先生說，寫小說也跟彈鋼琴一樣，沒有任何捷徑可言，是一級一級往上提高的，要經過每日的苦練和積累，讀書不夠多就不行。我很同意這個觀點。我每日讀書至少四五小時，從不間斷，在報社退休後連續在中外大學中努力進修。這些年來，學問、知識、見解雖有長進，才氣卻長不了，因此，這些小說雖然改了三次，相信很多人看了還是要嘆氣。正如一個鋼琴家每天練琴二十小時，如果天份不夠，永遠做不了蕭邦、李斯特、拉赫曼尼諾夫、巴德魯斯基，連魯賓斯坦、霍洛維茲、阿胥肯那吉、劉詩昆、傅聰也做不成。

這次第三次修改，改正了許多錯字訛字、以及漏失之處，多數由於得到了讀者們的指正。有幾段較長的補正改寫，是吸收了評論者與研討會中討論的結果。仍有許多明顯的缺點無法補救，限於作者的才力，那是無可如何的了。讀者們對書中仍然存在的失誤和不足之處，希望寫信告訴我。我把每一位讀者都當成是朋友，朋友們的指教和關懷，自然永遠是歡迎的。

二〇〇二年四月　於香港

目錄

只見一個白衣男子正在彈琴，身周樹上停滿了鳥雀，與琴聲應和。過了一會，空中振翼之聲大作，四下裏又飛來無數鳥雀，上下飛翔，毛羽繽紛，蔚爲奇觀。

一　天涯思君不可忘

「春遊浩蕩，是年年寒食，梨花時節。白錦無紋香爛漫，玉樹瓊苞堆雪。靜夜沉沉，浮光靄靄，冷浸溶溶月。人間天上，爛銀霞照通徹。渾似姑射眞人，天姿靈秀，意氣殊高潔。萬蕊參差誰信道，不與羣芳同列。浩氣清英，仙才卓犖，下土難分別。瓊臺歸去，洞天方看清絕。」

作這一首〈無俗念〉詞的，乃南宋末年一位武學名家，有道之士。此人姓丘，名處機，道號長春子，名列全眞七子之一，是全眞教中出類拔萃的人物。《詞品》評論此詞道：「長春，世之所謂仙人也，而詞之清拔如此。」這首詞誦的似是梨花，其實詞中眞意卻是讚譽一位身穿白衣的美貌少女，說她「渾似姑射眞人，天姿靈秀，意氣殊高潔」，又說她「浩氣清英，仙才卓犖」，「不與羣芳同列」。詞中所頌這美女，乃古墓派傳人小龍女。她一生愛穿白衣，當眞如風拂玉樹，雪裏瓊苞，兼之生性淸冷，實當得起「冷浸溶溶月」的形容，以「無俗念」三字贈之，可說十分貼切。長春子丘處機和她在終南山上比鄰而居，當年一見，讚嘆人間竟有如斯絕世美女，便寫下這首詞來。

這時丘處機逝世已久，小龍女也已嫁與神鵰大俠楊過爲妻，同隱終南山古墓。在河南少室山山道之上，卻另有一個少女，正在低低唸誦此詞。

這少女十八九歲年紀，身穿淡黃衣衫，騎著一頭青驢，正沿山道緩緩而上，心中默想：「也只有龍姊姊這樣的人物，才配得上他。」這個「他」字，指的自然是神鵰大俠楊過了。她也不拉韁繩，任由青驢信步而行，一路上山。過了良久，她又低聲吟道：「歡樂趣，離別苦，就中更有痴兒女。君應有語，渺萬里層雲，千山暮雪，隻影向誰去？」

她腰懸短劍，臉上頗有風塵之色，顯是遠遊已久；韶華如花，正當喜樂無憂之年，可是容色間卻隱隱有惆悵意，似是愁思襲人，眉間心上，無計迴避。

這少女姓郭，單名一個襄字，乃大俠郭靖和女俠黃蓉的次女，有個外號叫作「小東邪」。她一驢一劍，隻身漫遊，原盼排遣心中愁悶，豈知酒入愁腸固然愁上加愁，而名山獨遊，一般的也是愁悶徒增。

河南少室山山勢雄峻，山道卻是一長列寬大的石級，規模宏偉，工程著實不小，那是唐朝高宗爲臨幸少林寺而開鑿，共長八里。郭襄騎著青驢委折而上，見對面山上五道瀑布飛珠濺玉，奔瀉而下，再俯視羣山，已如蟻蛭。順著山道轉過一個彎，遙見黃牆碧瓦，好大一座寺院。

她望著連綿屋宇出了一會神，心想：「少林寺向爲天下武學之源，但華山兩次論劍，怎地五絕之中並無少林寺高僧？難道寺中武學好手自忖並無把握，生怕墮了威名，索性便不去與會？又難道衆僧修爲精湛，名心盡去，武功雖高，卻不去跟旁人爭強賭勝？」

她下了青驢，緩步走向寺前，只見樹木森森，蔭著一片碑林。石碑大半已經毀破，字跡模糊，不知寫著些甚麼。心想：「便是刻鑿在石碑上的字，年深月久之後也須磨滅，如何刻在我心上的，卻時日越久反越加清晰？」瞥眼只見一塊大碑上刻著唐太宗敕賜少林寺寺僧的御劄，嘉許少林寺僧立功平亂。碑文中說唐太宗爲秦王時，帶兵討伐王世充，少林寺和尚投軍立功，最著者共一十三人。其中只曇宗一僧受封爲大將軍，其餘十二僧不願爲官，唐太宗各賜紫羅袈裟一襲。她神馳想像：「當隋唐之際，少林寺武功便已名馳天下，數百年來精益求精，這寺中臥虎藏龍，不知有多少好手？」

郭襄自和楊過、小龍女夫婦在華山絕頂分手後，三年來沒得到他二人半點音訊。她常自思念，於是稟明父母，說要出來遊山玩水，料想他夫婦當在終南山古墓隱居，便逕往古墓求見。墓中出來兩名侍女，說道楊過夫婦出外未歸，招待郭襄在古墓中住了三天等候。但楊過夫婦未說明歸期，郭襄便又出來隨意行走，她自北而南，又從東至西，幾乎踏遍了大半個中原，始終沒聽到有人說起神鵰大俠楊過的近訊。

這一日她到了河南，想起少林寺中有一位僧人無色禪師是楊過的好友，自己十六歲生日之時，無色瞧在楊過的面上，曾託人送來一件禮物，雖從未和他見過面，不妨去向他打聽打聽，說不定他會知道楊過的蹤跡，這才上少林寺來。

正出神間，忽聽得碑林旁樹叢後傳出一陣鐵鍊嗆啷之聲，一人誦唸佛經：「是時藥叉共王立要，即於無量百千萬億大衆之中，說勝妙伽他曰：由愛故生憂，由愛故生怖；若離於愛者，無憂亦無怖……」郭襄聽了這四句偈言，不由得痴了，心中默默唸道：「由愛故生憂，由愛故生怖；若離於愛者，無憂亦無怖。」只聽得鐵鍊拖地和唸佛之聲漸漸遠去。

郭襄低聲道：「我要問他，如何方能離於愛，如何能無憂無怖？」隨手將驢韁在樹上一繞，撥開樹叢，追了過去。只見樹後是一條上山小徑，一個僧人挑了一對大桶，正緩緩往山上走去。郭襄快步跟上，奔到距那僧人七八丈處，不由得吃了一驚，只見那僧人挑的是一對大鐵桶，比之尋常水桶大了兩倍有餘，那僧人頸中、手上、腳上，更繞滿了粗大的鐵鍊，行走時鐵鍊拖地，不停發出聲響。這對大鐵桶本身只怕便有二百來斤，桶中裝滿了水，重量更屬驚人。郭襄叫道：「大和尚，請留步，小女子有句話請教。」

那僧人回過頭來，兩人相對，都是一愕。原來這僧人便是覺遠，三年之前，兩人在華山絕頂曾有一面之緣。郭襄知他雖生性迂腐，但內功深湛，不在當世任何高手之下，便道：「我道是誰，原來是覺遠大師。請問眼下在做何修練？」覺遠點了點頭，微微一笑，合什行禮，並不答話，轉身便走。郭襄叫道：「覺遠大師，你不認得我了麼？我是郭襄啊。」覺遠又回首一笑，點了點頭，這次更不停步。郭襄又道：「是誰用鐵鍊綁住了你？如何這般虧待你？」覺遠左掌伸到腦後搖了幾搖，示意她不必再問。

郭襄見了這等怪事，如何肯不弄個明白？飛步追趕，想搶在他面前攔住，豈知覺遠雖全身帶了鐵鍊，又挑著一對大鐵桶，但郭襄快步追趕，始終搶不到他身前。郭襄童心大起，展開家傳輕功，雙足一點，飛身縱起，伸手往鐵桶邊上抓去，眼見這一下必能抓中，不料落手時終究還是差了兩寸。郭襄叫道：「大和尚，這般好本事，我非追上你不可。」但見覺遠不疾不徐的邁步而行，鐵鍊聲嗆啷嗆啷有如樂音，越走越高，直至後山。

郭襄直奔得氣息漸急，仍和他相距丈許，不由得心中佩服：「爹爹媽媽在華山之上，便說這位大和尚武功極高，當時我還不大相信，今日一見，才知爹媽的話果然不錯。」見覺遠轉身走到一間小屋之後，將鐵桶中的兩桶水都倒入了一口井中。

郭襄大奇，叫道：「大和尚，你搞甚麼啊，挑水倒在井中幹麼？」覺遠神色平和，只搖了搖頭。郭襄忽有所悟，笑道：「啊，你是在練一門高深內功。」覺遠又搖了搖頭。

郭襄心中著惱，說道：「我剛才明明聽得你在唸經，又不是啞了，怎地不答我的話？」覺遠合什行禮，臉上似有歉意，一言不發，挑了鐵桶便下山去。郭襄探頭井口向下望去，見井水清澈，也無特異之處，怔怔望著覺遠的背影，滿心疑竇。

她適才一陣追趕，微感心浮氣躁，坐在井欄圈上，觀看四下風景，這時置身處已高於少林寺所有屋宇，但見少室山層崖刺天，橫若列屏，崖下風煙飄渺，寺中鐘聲隨風送上，令人胸中煩俗頓滅。看了一會，心想：「和尚既不肯說，我去問那少年便了。這和尚的弟子不知在那裏？」信步下山，想去找覺遠的弟子張君寶來問。走了一程，忽聽得鐵鍊聲響，覺遠又挑了水上山。郭襄閃身樹後，心想：「我且暗中瞧他在搗甚麼鬼。」

鐵鍊聲漸近，只見覺遠仍挑著那對鐵桶，手中卻拿著一本書，全神貫注的輕聲誦讀。郭襄待他走到身邊，猛地裏躍出，叫道：「大和尚，你看甚麼書？」

覺遠失聲叫道：「啊喲，嚇了我一跳，原來是你。」郭襄笑道：「你裝啞巴裝不成了罷，怎地說話了？」覺遠微現驚懼，向左右一望，搖了搖手。郭襄道：「你怕甚麼？」

覺遠還未回答，突然樹林中轉出兩名灰衣僧人，一高一矮。那瘦長僧人喝道：「覺遠，不守戒法，擅自開口說話，何況又和廟外生人對答，更何況又跟年輕女子說話。這便見戒律堂首座去。」覺遠垂頭喪氣，點了點頭，跟在兩名僧人之後。

郭襄大為驚怒，喝道：「天下還有不許人說話的規矩麼？我識得這位大師，我自跟他說話，干你們何事？」那瘦長僧人白眼一翻，說道：「千年以來，少林寺向不許女流擅入（注）。姑娘請下山去罷，免得自討沒趣。」郭襄心中更怒，說道：「女流便怎樣？難道女子便不是人？你們幹麼難為這位覺遠大師？既用鐵鍊綁他，又不許他說話？」那僧人冷冷的道：「本寺之事，便皇帝也管不著。何勞姑娘多問？」

郭襄怒道：「這位大師是忠厚老實的好人，你們欺他仁善，便這般折磨他，哼哼，天鳴禪師呢？無色和尚、無相和尚在那裏？你去叫他們出來，我倒要請問這個道理。」

兩個僧人聽了一驚。天鳴禪師是少林寺方丈，無色禪師是本寺羅漢堂首座，無相禪師是達摩堂首座，三人位望尊崇，寺中僧侶向來只稱「老方丈」、「羅漢堂座師」、「達摩堂座師」，從來不敢提及法名，豈知一個年輕女子竟敢上山來大呼小叫，直斥其名。

那兩名僧人都是戒律堂首座的弟子，奉了座師之命，監視覺遠，這時聽郭襄言語莽撞，那瘦長僧人喝道：「女施主再在佛門清淨之地滋擾，莫怪小僧無禮。」

郭襄道：「難道我還怕了你這和尚？你快快把覺遠大師身上的鐵鍊除去，那便算了，否則我找天鳴老和尚算帳去。」那矮僧聽郭襄出言無狀，又見她腰懸短劍，沉著嗓子道：「你把兵刃留下，我們也不來跟你一般見識，快下山去罷。」郭襄摘下短劍，雙手托起，冷笑道：「好罷，謹遵台命。」

那矮僧自幼在少林寺出家，一向聽師伯叔、師兄們說少林寺是天下武學總源，又聽說不論名望多大、本領多強的武林高手，從不敢攜帶兵刃走進少林寺山門。這年輕姑娘雖未入寺門，但已在少林寺管轄之地，只道她眞是怕了，乖乖交出短劍，於是伸手便去接劍。他手指剛碰到劍鞘，突然間手臂劇震，如中電掣，一股強力從短劍上傳了過來，推得他向後急仰，立足不定，便即摔倒。他身在斜坡，一經摔倒，便骨碌碌的向下滾了數丈，好容易才硬生生撐住。

那瘦長僧人又驚又怒，喝道：「你吃了獅子心、豹子膽，竟敢到少林寺來撒野！」轉過身來，踏上一步，右手揮拳擊出，左掌跟著在右拳上一搭，變成雙掌下劈，正是「闖少林」第二十八勢「翻身劈擊」。

郭襄握住劍柄，連劍帶鞘向他肩頭砸去。那僧人沉肩迴掌，來抓劍鞘。覺遠在旁瞧得惶急，大叫：「別動手，別動手！有話好說。」便在此時，那僧人右手已抓住劍鞘，正待運勁裏奪，猛覺手心一震，雙臂隱隱酸痳，只叫得一聲：「不好！」郭襄左腿橫掃，已將他踢下坡去。他所受這一招比那矮僧重得多，一路翻滾，頭臉上擦出不少鮮血，這才停住。

郭襄心道：「我上少林寺來是打聽大哥哥的訊息，平白無端跟人動手，當眞好沒來由。」見覺遠愁眉苦臉的站在一旁，當即抽出短劍，便往他手腳上的鐵鍊削去。這短劍雖非稀世奇珍，卻也是極鋒銳的利器，噹啷啷幾聲響，鐵鍊斷了三條。覺遠連呼：「使不得，使不得！」郭襄道：「甚麼使不得？」指著正向寺內奔去的高矮二僧說道：「這兩個惡和尚定是奔去報訊，咱們快走。你那姓張的小徒兒呢？帶了他一起走罷！」覺遠只是搖手。忽聽得身後一人說道：「多謝姑娘關懷，小的在這兒。」

郭襄回過頭來，見身後站著個十六七歲的少年，粗眉大眼，身材魁偉，臉上卻猶帶稚氣，正是三年前曾在華山之巔會過的張君寶。比之當日，他身形已高了許多，但容貌無甚改變。郭襄大喜，說道：「這裏的惡和尚欺侮你師父，咱們走罷。」張君寶搖頭道：「沒誰欺侮我師父啊。」郭襄指著覺遠道：「那兩個惡和尚用鐵鍊鎖著你師父，連一句話也不許他說，還不是欺侮？」覺遠苦笑搖頭，指了指山下，示意郭襄及早脫身，免惹事端。

郭襄明知少林寺中武功勝過她的人不計其數，但既見了眼前的不平之事，決不能便此撒手不顧，卻又怕寺中好手出來截攔，一手拉了覺遠，一手拉了張君寶，頓足道：「快走，快走，有甚麼事，下山去慢慢說不好麼？」兩人只是不動。

忽見山坡下寺院邊門中衝出七八名僧人，手提齊眉木棍，吆喝道：「那裏來的野女子，膽敢來少林寺撒野？」張君寶提起嗓子叫道：「各位師兄不得無禮，這位是……」

郭襄忙道：「別說我名字。」她想今日的禍看來闖得不小，說不定鬧下去會不可收拾，別牽累到爹爹媽媽，又補上一句：「咱們翻山走罷！千萬別提我爹爹、媽媽和朋友的姓名。」只聽得背後山頂上吆喝聲響，又擁出七八名僧人來。

郭襄見前後都出現了僧人，秀眉深蹙，急道：「你們兩個婆婆媽媽，沒點男子漢氣概！到底走不走？」張君寶道：「師父，郭姑娘一片好意……」

便在此時，下面邊門中又竄出四名黃衣僧人，颼颼颼的奔上坡來，手中都沒兵器，但身法迅捷，衣襟帶風，顯然武功了得。郭襄見這般情勢，便想單獨脫身亦已不能，索性凝氣卓立，靜觀其變。當先一名僧人奔到離她四丈之處，朗聲說道：「羅漢堂首座師尊傳諭：著來人放下兵刃，在山下一葦亭中陳明詳情，聽由法諭。」

郭襄冷笑道：「少林寺的大和尚官派十足，官腔打得倒好聽。請問各位大和尚，做的是大宋皇帝的官呢，還是做蒙古皇帝的官兒？又還是仍做大金皇帝的官兒？」

這時淮水以北，大宋國土均已淪陷，本是金國該管，現下金國亡於蒙古，少林寺所在之地也早歸蒙古該管，只蒙古大軍連年進攻襄陽不克，忙於調兵遣將，也無餘力來理會叢林寺觀的事，因此少林寺一如其舊，與前並無不同。那僧人聽郭襄譏刺之言厲害，不由得臉上一紅，心中也覺對外人下令傳諭有些不妥，合什說道：「不知女施主何事光臨敝寺，且請放下兵刃，赴山下一葦亭中奉茶說話。」

郭襄聽他語轉和緩，便想乘此收篷，說道：「你們不讓我進寺，我便希罕了？哼，難道少林寺中有寶，我見一見便沾了光麼？」向張君寶使個眼色，低聲道：「到底走不走？」張君寶搖搖頭，嘴角向覺遠一努，意思說是要服侍師父。郭襄朗聲道：「好，那我不管啦，我走了。」拔步便下坡去。

第一名黃衣僧側身讓開。第二名和第三名黃衣僧卻同時伸手一攔，齊聲道：「放下了兵刃。」郭襄眉毛一揚，手按劍柄。第一名僧人道：「我們不敢留女施主的兵刃。女施主一到山下，立即送還寶劍。這是少林寺千年來的規矩，還請包涵。」

郭襄聽他言語有禮，心下躊躇：「倘若不留短劍，勢必有場爭鬥，我孤身一人，如何是闔寺僧衆的敵手？但若留下短劍，豈不將外公、爹爹、媽媽、大哥哥、龍姊姊的面子一古腦兒都丟得乾淨？」

她一時沉吟未決，驀地裏眼前黃影晃動，一人喝道：「到少林寺來既帶劍，又傷人，世上焉有是理？」勁風颯然，五隻手指往劍鞘上抓來。這僧人若不貿然出手，郭襄一番遲疑之後，多半便會留下短劍。她和乃姊郭芙的性子大不相同，雖然豪爽，卻不魯莽，眼前情境既極不利，便會暫忍一時之氣，日後去和外公、爹媽商量，再找回這場子。但對方突然逞強，豈能眼睜睜的讓他奪去佩劍？

那僧人的擒拿手法既狠且巧，一抓住劍鞘，心想郭襄定會向裏迴奪，一個和尙跟一個年輕女子拉拉扯扯，大是不雅，運勁向左斜推，跟著抓而向右。郭襄給他這麼一推一抓，果然已拿不牢劍鞘，當即握住劍柄，唰的一聲，寒光出匣。那僧人右手將劍鞘奪了過去，左手卻有兩根手指爲短劍順勢割傷，劇痛之下，拋下劍鞘，往旁退開。

衆僧人見同門受傷，無不驚怒，揮杖舞棍，一齊攻來。郭襄心想：「一不做，二不休，反正今日已不能善罷。」使出家傳的「落英劍法」，便往山下衝去。衆僧人排成三列，迎面擋住。

那落英劍法乃黃藥師從桃華落英掌法的路子中演化而來，雖不若玉簫劍法精妙，卻也是桃花島一絕，但見青光激盪，劍花似落英繽紛，四散而下，霎時間僧人中又有兩人受傷。背後數名僧人跟著搶到，居高臨下夾攻。按理郭襄早抵擋不住，但少林僧衆慈悲爲本，戒律精嚴，不願傷她性命，所出招數都非殺手，只求將她制住，訓誡一番，扣下兵刃，逐下山去。可是郭襄劍光錯落，卻也不易攻得近身。

衆僧初時只道一個妙齡女郎，還不輕易打發？待見她劍法精奇，始知她若非名門之女，便是名師之徒，多半得罪不得，出招更有分寸，同時急報羅漢堂首座無色禪師。

正鬥之間，一個高瘦老僧緩步走近，雙手籠在袖中，微笑觀鬥。兩名僧人走到他身前，低聲稟告了幾句。郭襄已鬥得氣喘吁吁，劍法凌亂，大聲喝道：「說甚麼天下武學之源，原來是十多個和尚一擁而上，圍攻一個女子。」

那老僧便是羅漢堂首座無色禪師，聽她這麼說，便道：「各人住手！」衆僧人立時罷手躍開。無色禪師道：「姑娘貴姓，令尊和令師是誰？光臨少林寺，不知有何貴幹？」

郭襄心道：「我爹娘的姓名不能告訴你。我到少林寺來是爲了打聽大哥哥的訊息，那也不能當衆述說。眼下已鬧成這等模樣，日後爹娘和大哥哥知道了定要怪我，不如悄悄的溜了罷。」說道：「我的姓名不能跟你說，我不過見山上風景優美，這便上來遊覽玩耍。原來少林寺比皇宮內院還厲害，動不動便扣人兵刃。請問大師，我進了貴寺山門沒有？這少室山是少林寺全山買下來的不是？當日達摩祖師傳下武藝，想來也不過教衆僧侶強身健體，便於參禪成佛，想不到少林寺名氣越大，武功越高，恃衆逞強的名頭也越響。好，你們要扣我兵刃，這便留下，就算將我殺了，也滅不了口，今日之事，江湖上不會沒人知曉。」

她本來伶牙利齒，這件事也並非全是她過錯，一席話只將無色禪師說得啞口無言。郭襄鑒貌辨色，心想：「這番胡鬧我固怕人知曉，看來少林寺更加不願張揚。十多個和尙圍攻一個年輕姑娘，說出去有甚麼好聽？」隨即將短劍往地下一擲，舉步便行。

無色禪師斜步上前，袍袖一拂，捲起短劍，雙手托起劍身，說道：「姑娘既不願見示家門師承，這口寶劍還請收回，老衲恭送下山。」

郭襄嫣然一笑，說道：「還是老和尙通達情理，這才是名家風範呢。」她既佔到便宜，順口便讚了無色一句，伸手拿劍，一提之下，不禁吃驚。原來對方掌心生出一股吸力，她雖抓住劍柄，卻不能提起劍身。她連運三下勁，始終沒法取過短劍，說道：「好啊，你是顯功夫來著。」突然間左手斜揮，輕輕拂向他左頸「天鼎」「巨骨」兩穴。無色心下一凜，斜身閃避，氣勁便此略鬆，郭襄應手提起短劍。

無色道：「好俊的蘭花拂穴手功夫！姑娘跟桃花島主怎生稱呼？」

郭襄笑道：「桃花島主嗎？我便叫他作老東邪。」桃花島主東邪黃藥師是郭襄的外公，他性子怪僻，向來不遵禮法。他叫外孫女兒「小東邪」，郭襄便叫他「老東邪」，黃藥師非但不以為忤，反而歡喜。

無色少年時出身綠林，雖在禪門中數十年修持，佛學精湛，但往日豪氣仍然不減，否則怎能與楊過結成好友？見這小姑娘不肯說出師承來歷，偏要試她出來，朗聲笑道：「小姑娘接我十招，瞧老和尚眼力如何，能不能說出你的門派？」

郭襄道：「十招中瞧不出，那便如何？」無色禪師哈哈大笑，說道：「姑娘若接得下老衲十招，那還有甚麼說的，自然唯命是從。」郭襄指著覺遠道：「我和這位大師昔年曾有一面之緣，要代他求一個情。倘若十招中你說不出我的師父是誰，你須得答允我，可不能再難為這位大師了。」

無色甚感奇怪，心想覺遠迂腐騰騰，數十年來在藏經閣中管書，從來不與外人交往，怎會跟這個美貌女郎攀上了交情？說道：「我們本來就沒難為他啊。本寺僧眾犯了戒律，不論是誰，均須受罰，那也不算是甚麼難爲。」郭襄小嘴一扁，冷笑道：「哼，說來說去，你還是混賴。」

無色雙掌一擊，道：「好，依你，依你。老衲倘若輸了，便代覺遠師弟挑這三千一百零八擔水。姑娘小心，我要出招了。」

郭襄跟他說話之時，心下早計議定當：「老和尚氣凝如山，武功了得，倘若由他出招，我竭力抵禦，非顯出爹爹媽媽的武功不可。不如我佔了機先，連發十招。」聽他說到「姑娘小心，我要出招了」這兩句話，不待他出掌抬腿，嗤的一聲，短劍當胸直刺過去，使的仍是桃花島「落英劍法」中的一招，叫作「萬紫千紅」，劍尖刺出去時不住顫動，使對手瞧不定劍尖到底攻向何處。無色知道厲害，不敢對攻，當即斜身閃開。

郭襄喝道：「第二招來了！」短劍迴轉，自下而上倒刺，卻是全眞派劍法中一招「天紳倒懸」。無色道：「好，是全眞劍法。」郭襄道：「那也未必。」短劍一刺落空，見無色反守爲攻，伸指逕來拿自己手腕，暗吃一驚：「老和尚果然了得，在如此兇險的劍招之下，赤手空拳，居然還能搶攻。」見他手指伸到面門，短劍晃了幾晃，使的竟是「打狗棒法」中的一招「惡犬攔路」，乃屬「封」字訣。

她自幼和丐幫的前任幫主魯有腳交好，喝酒猜拳之餘，有時便纏著他比試武藝。丐幫中雖有規矩，打狗棒法是鎮幫神技，非幫主不傳，但魯有腳使動之際，郭襄終於偷學了一招半式。何況先任幫主黃蓉是她母親，現任幫主耶律齊是她姊夫，這打狗棒法她看到的次數著實不少，雖不明其中訣竅，但猛地裏依樣葫蘆的使出一招，卻也駭人耳目。

無色的手指剛要碰到她手腕，突然白光閃動，劍鋒來勢神妙無方，險些兒五根手指一齊削斷，總算他武功卓絕，變招快速，百忙中急退兩步，但嗤嗤聲響，左袖已給短劍劃破了一條長口子。無色禪師變色斜睨，背上驚出了一陣冷汗。

郭襄大是得意，笑道：「這是甚麼劍法？」其實天下根本無此劍術，她只不過偷學到一招打狗棒法，用在劍招之中，只因那打狗棒法過於奧妙，她雖使得似是而非，卻也將一位大名鼎鼎的少林高僧驚得滿腹疑團，瞠目不知所對。

郭襄心想：「我只須再使得幾招打狗棒法，非殺得老和尚大敗虧輸不可，只可惜除了這一下子，我再也不會了。」不待無色緩過氣來，短劍輕揚，飄身而進，姿態飄飄若仙，劍鋒向無色的下盤連點數點，卻是從小龍女處學來的一招玉女劍法「小園藝菊」。

那玉女劍法乃當年女俠林朝英所創，絕少現於江湖，不但劍招凌厲，且講究丰神脫俗，姿式嫻雅，與少林派的「達摩劍法」、「羅漢劍法」等等的剛猛路子截然不同，其實以劍法而論，也未必眞的勝於少林各路劍術，只不過驟然瞧來，美極麗絕，有如佛經中云：「容儀婉媚，莊嚴和雅，端正可喜，觀者無厭。」衆僧從所未見，無不又驚又喜。

無色禪師雖和楊過交好，卻也沒見他使過玉女劍法，見郭襄這一劍丰神清麗，只盼再看一招，便斜身閃避，待她再發。

郭襄劍招斗變，東趨西走，連削數劍。張君寶在旁看得出神，忽地「噫」的一聲。原來郭襄這一招卻是「四通八達」，三年前楊過在華山之巔傳授張君寶，郭襄在旁瞧在眼中，這時便使了出來。當年楊過所授的乃是掌法，這時郭襄變爲劍法，威力已減弱了不少，但劍法之奇，卻足以令無色暗暗心驚。

屈指數來，郭襄已使了五招，無色竟瞧不出絲毫頭緒。他盛年時縱橫江湖，閱歷極富，十餘年來身任羅漢堂首座，更精研各家各派武功，與本寺的武功參照比較，以收截長補短、切磋攻錯之效。因此他自信不論對方如何了得，數招中必能瞧出他來歷，他見郭襄年幼，和她約到十招，已留下極大餘地。豈知郭襄的父母師友盡是當代一流高手，她在每人的武功中截出一招，東拉西扯的一番雜拌，只瞧得無色眼花繚亂，那裏說得出名目。

那「四通八達」的四劍八式一過，無色心念一動：「我若任她出招，只怕她怪招源源不絕，別說十招，一百招也未必能瞧出端倪。只有我發招猛攻，她便非使出本門武功拆解不可。」當即上身左轉，一招「雙貫耳」，雙拳虎口相對，劃成弧形，交相撞擊。

郭襄見他拳勢勁力奇大，不敢擋架，身形一扭，竟從雙掌之間溜了過去。她當年聽聞瑛姑有門「泥鰍功」，身形滑溜，弱不敵強時便可施展，曾請瑛姑稍加指點，這時便依樣葫蘆。她功力身法自均不及瑛姑，但無色禪師也並不眞下殺手，任由她輕輕溜開。

無色喝采道：「好身法，再接我一招。」左掌圈花揚起，屈肘當胸，虎口朝上，正是少林拳中的「黃鶯落架」。他是少林寺的武學大師，身分不同，雖然所會武功之雜猶勝郭襄，但每一招每一式使的均是純正本門武功。少林拳門戶正大，看來平平無奇，練到精深之處，實是威力無窮。他這左掌圈花揚動，郭襄但覺自己上半身已全在掌力籠罩之下，當即倒轉劍柄，以劍作爲手指，使一招從武修文處學來的「一陽指」，逕點無色手腕上「腕骨」、「陽谷」、「養老」三穴。她於「一陽指」點穴法實只學到一點兒皮毛，膚淺之至，但一指點三穴的手法，卻正是一陽指功夫的精要所在。

一燈大師的一陽指功夫天下馳名，無色禪師自然識得，斗見郭襄出此一招，一驚之下，急忙縮手變招。其實無色若不縮手，任她連撞三處穴道，登時可發覺這「一陽指」功夫並非貨眞價實，但雙方各出全力搏鬥之際，他豈肯輕易以一世英名冒險相試？何況對方既使到「一陽指」，自當大有來歷，須以善罷爲宜。

郭襄嫣然一笑，道：「大和尙倒識得厲害！」無色哼了一聲，擊出一招「丹鳳朝陽」，這一招雙手大開大闔，寬打高舉，勁力到處，郭襄手中短劍拿捏不住，脫手落地。她明知對方不會當眞狠下殺手，也不驚惶，雙拳交錯，若有若無，正是老頑童周伯通得意傑作七十二路空明拳中第五十四路「妙手空空」。

這路拳法是周伯通所自創，江湖上並未流傳，無色雖然淵博，卻也不識。他雙掌劃弧，發出一招「偏花七星」，雙掌如電，一下子切到了郭襄掌上，她若不出內力相抗，手掌便須向後一拗而斷。這一招少林派基本功夫「偏花七星」似慢實快，似輕實重，雖是「闖少林」的姿式，意勁內力卻出自「神化少林」，原是少林拳法中的極高境界。

郭襄手掌受制，心想：「難道你眞會折斷我的掌骨不成？」順手一揮，使出一招「鐵蒲扇手」，以掌對掌，反擊過去。這一招她是從武修文之妻完顏萍處學來，是當年鐵掌水上飄裘千仞傳下來的心法。這鐵掌功在武學諸家掌法之中向稱剛猛第一，無色禪師精研掌法，如何不知？眼見這年輕女郎猛地裏使出這招鐵掌幫的看家掌法，不禁一驚，倘若硬拚掌力，一來不願便此傷她，二來也不願讓對方打到自身。他生性忠厚豪邁，見郭襄每一招都使得似模似樣，一時之間卻沒想到要精研這許多門派的武功，豈是這二十歲不到的少女所能辦到，明知對方勁力有限，仍急忙收掌，退開半丈。

郭襄嫣然一笑，叫道：「第十招來了，你瞧我是甚麼門派？」左手揚起，和身欺上，右手伸出，便去托拿無色下顎。無色和旁觀衆僧情不自禁的都一聲驚呼。這一招「苦海回頭」，正是少林派正宗拳藝羅漢拳中的一招，乃別派所無。這一招的用意是左手按住敵人頭頂，右手托住敵人下顎，將他頭頸扭轉，重則扭斷頭頸，輕則卸脫關節，是一招極厲害的殺手。

無色禪師見她竟使到這一招羅漢拳，當眞是孔夫子面前讀孝經，魯班門口弄大斧，不由得又好氣，又好笑。這路拳法他在數十年前便已拆得滾瓜爛熟，一碰上不加思索，便隨手施應，即令是睡著了，遇到這路招式只怕也能對拆，當即斜身踏步，左手橫過郭襄身前，一翻手，已扣住她右肩，右手疾如閃電，伸手到她頸後。這一招叫做「挾山超海」，是拆解那招「苦海回頭」的不二法門，雙手一提，便能將敵人身子提得離地橫起。郭襄接下去本可用「盤肘」式反壓他的手肘，既能脫困，又可反制敵人，但無色禪師這一招實在來得太快，眼睛一瞬，身子便已遭提起，她身落人手，雙足離地，自然是輸了。

無色禪師隨手將郭襄制住，心中一怔：「糟糕！我只顧取勝，卻沒想到辨認她的師承門派。她在十招中使了十門不同武功，那是如何說法？我總不能說她是少林派！」

郭襄用力掙扎，叫道：「放開我！」只聽得錚的一聲響，從她身上掉下了一件物事。郭襄又叫：「老和尚，你還不放我？」

無色禪師眼中看出衆生平等，別說已無男女之分，縱是馬牛豬犬，他也一視同仁，笑道：「你別怕，老和尚自然放你！」說著雙手輕輕一送，將她拋出二丈之外。

這一番動手，郭襄雖然受制，但無色在十招之內終究認不出她門派，正要出言服輸，一低頭，忽見地下黑黝黝的一團物事，乃是兩個小小的鐵鑄羅漢。

郭襄落地站定，說道：「大和尚，你可認輸了罷？」無色抬起頭來，喜容滿面，笑道：「我怎麼會輸？我知道令尊是大俠郭靖，令堂是女俠黃蓉，你外公是桃花島黃島主。郭二小姐的芳名，是一個襄陽的『襄』字。令尊學兼江南七怪、桃花島、九指神丐、全眞派各家之長。郭二小姐家學淵源，身手果眞不凡。」

這一番話只把郭襄聽得瞪目結舌，半晌說不出話來，心想：「這老和尙當眞邪門，我這十招亂七八糟，他居然仍然認了出來。」

無色禪師見她茫然自失，笑吟吟的拾起那對鐵鑄小羅漢，說道：「郭二姑娘，老和尙不能騙你小孩子，我認出你，全憑著這對鐵羅漢。」

郭襄一怔之下，立時恍然，說道：「啊，你便是無色禪師，這對鐵羅漢是你送給我的生日禮物，自然認得。剛才無禮得罪，請大師原諒。」說著盈盈躬身行禮。無色含笑還禮，連稱：「不敢當，不敢當！」

郭襄道：「大師，你可有見到我大哥哥和龍姊姊？我上寶刹來，便是想見你，來打聽他二人下落。啊，你不知道，我說的大哥哥和龍姊姊，便是楊過楊大俠夫婦了。」

無色道：「數年之前，楊大俠曾來敝寺盤桓數日，跟老和尙很說得來。後來他在襄陽抗敵，老衲奉他之召，也曾去稍效微勞。不知他刻下是在何處？」

他二人均欲得知楊過音訊，你問一句，我問一句，卻誰也沒回答對方的問話。

郭襄呆了半晌，說道：「你也不知我大哥哥到了那裏。可有誰知道啊？」她定了定神，說道：「你是我大哥哥的好朋友，怪不得武功這般高明。嗯，大師父，我把你給的生日禮物帶在身邊，我對你好生感激，也十分敬重，今日能見到你，正好當面謝謝你。」無色笑道：「咱們當眞是不打不相識。你見到你楊大哥時，可別說老和尚以大欺小。」郭襄望著遠處山峯，自言自語：「幾時方能見著他啊。」

郭襄十六歲生日那天，楊過忽發奇想，柬邀江湖同道，羣集襄陽給她慶賀生辰。一時白道黑道上無數武林高手，衝著楊過的面子，大都受邀前去祝賀，不論是否親臨襄陽，也都贈送珍異賀禮。無色禪師請人帶去的生日禮物，便是這一對精鐵鑄成的羅漢。這對鐵羅漢肚腹之中裝有機括，扭緊彈簧之後，能對拆十來招少林羅漢拳。那是百餘年前少林寺中一位異僧花了無數心血方始製成，端的靈巧精妙無比。郭襄覺得好玩，便帶在身邊，想不到今日從懷中跌將出來，終於給無色禪師認出了她身分。她適才最後所使的一招少林拳法，便是從這對鐵羅漢身上學來。

無色笑道：「格於敝寺歷代相傳的寺規，不能請郭二姑娘到寺中隨喜，務請包涵。」郭襄黯然道：「那沒甚麼，我要問的事，反正也問過了。」無色又指覺遠道：「至於這位師弟的事，我慢慢再跟你解釋。這樣罷，老和尚恭送你下山去，咱們找家飯鋪，讓老和尚作個東道，好好吃上一頓，你說怎樣？」無色禪師在少林寺中位份極高，竟對這樣一個妙齡女郎如此尊敬，要親自送她下山，隆重款待，衆僧侶聽了，無不暗暗稱奇。

郭襄道：「大師不必客氣。小女子出手不知輕重，得罪了幾位大和尚，眞正對不住了。這便別過，後會有期。」說著躬身爲禮。衆僧一齊還禮。郭襄和覺遠別過，再向跟她動過手的幾名僧人行禮致歉，轉身下坡。

無色笑道：「你不要我送，我也要送。那年姑娘生日，老和尚奉楊大俠之命燒了南陽蒙古大軍的草料、火藥之後，便即回寺，沒來襄陽慶賀生辰，心中已自不安。今日光臨敝寺，若再不恭送三十里，豈是相待貴客之道？」郭襄見他一番誠意，又喜他言語豪爽，也願和他結個方外的忘年之交，微微一笑，說道：「走罷！」

二人並肩下坡，走過一葦亭後，只聽得身後腳步聲響，回首一看，見張君寶遠遠在後跟著，卻不敢走近。郭襄笑道：「張兄弟，你也來送客下山嗎？」張君寶臉上一紅，應了一聲：「是！」

便在此時，只見山門前一名僧人大步奔下，他竟全力施展輕功，跑得十分匆忙。無色眉頭一皺，說道：「大驚小怪的幹甚麼？」那僧人奔到無色身前，行了一禮，低聲說了幾句。無色臉色忽變，大聲道：「竟有這等事？」那僧人道：「方丈請首座去商議。」

郭襄見無色臉上神色爲難，知他寺中必有要事，說道：「老禪師，朋友相交，貴在知心，這些俗禮算得了甚麼？你有事便請回去。他日江湖相逢，有緣邂逅，咱們再論武談心，有何不可？」無色喜道：「怪不得楊大俠對你這般看重，你果然是人中英俠，女中丈夫，老和尚交了你這個朋友。」郭襄微微一笑，說道：「你是我大哥哥的朋友，早就已是我的好朋友了。」當下兩人施禮而別。無色回向山門。

郭襄循路下山，張君寶在她身後，相距五六步，不敢和她並肩而行。郭襄問道：「張兄弟，他們到底幹甚麼欺侮你師父？你師父一身精湛內功，怕他們何來？」張君寶走近兩步，說道：「寺中戒律精嚴，僧衆凡是犯了事的都須受罰，倒不是故意欺侮師父。」

郭襄奇道：「你師父是正人君子，天下從來沒這樣的好人，他又會犯了甚麼事？他定是代人受過，要不，便是甚麼事弄錯了。」張君寶嘆道：「這事的原委姑娘其實也知道的，還不是爲了那部《楞伽經》。」郭襄道：「啊，是給瀟湘子和尹克西這兩個傢伙偷去的經書麼？」張君寶道：「是啊。那日在華山絕頂，小人得楊過大俠的指點，親手搜查了那兩人全身，一下華山之後，再也找不到這兩人的蹤跡了。我師徒倆無奈，只得回寺稟報方丈。那部《楞伽經》是依據達摩祖師東來時所攜貝葉經原文鈔錄，戒律堂首座責怪我師父看管不愼，以致失落這無價之寶，重加處罰，原是罪有應得。」

郭襄嘆了口氣，道：「那叫做晦氣，甚麼罪有應得？」她比張君寶只大幾歲，但儼然以大姊姊自居，又問：「爲了這事，便罰你師父不許說話？」張君寶道：「這是寺中歷代相傳的戒律，上鐐挑水，不許說話。我聽寺裏老禪師們說，雖然這是處罰，但對受罰之人其實也大有好處。一個人一不說話，修為易於精進，而上鐐挑水，也可強壯體魄。」郭襄笑道：「這麼說來，你師父非但不是受罰，反而是在練功了，倒是我多事。」張君寶忙道：「姑娘一番好心，師父和我都十分感激，永遠不敢忘記。」

郭襄輕輕嘆了口氣，心道：「可是旁人卻早把我忘記得一乾二淨了。」只聽得樹林中一聲驢鳴，那頭青驢便在林中吃草。郭襄道：「張兄弟，你也不必送我啦。」唿哨一聲，招呼青驢近前，張君寶頗為依依不捨，卻又沒甚麼話好說。

郭襄將手中那對鐵鑄羅漢遞了給他，道：「這個給你。」張君寶一怔，不敢伸手去接，道：「這……這個……」郭襄道：「我說給你，你便收下了。」張君寶道：「我……我……」郭襄將鐵羅漢塞在他手中，縱身一躍，上了驢背。

突然山坡石級上一人叫道：「郭二姑娘，且請留步。」正是無色禪師又從寺門中奔了出來。郭襄心道：「這個老和尚也忒煞多禮，何必定要送我？」無色行得甚快，片刻間便到了郭襄身前。他向張君寶道：「你回寺去，別在山裏亂走亂闖。」

張君寶躬身答應，向郭襄凝望一眼，走上山去。

無色待他走開，從袖中取出一張紙箋，說道：「郭二姑娘，你可知是誰寫的麼？」

郭襄下了驢背，接過看時，見是一張詩箋，箋上墨瀋淋漓，寫著兩行字道：「少林派武功，稱雄中原西域有年。十天之後，崑崙三聖前來一併領教。」筆勢挺拔遒勁。郭襄問道：「崑崙三聖是誰啊？這三個人的口氣倒大得緊。」

無色道：「原來姑娘也不識得他們。」郭襄搖頭道：「我不識得。連『崑崙三聖』的名字也從沒聽爹爹媽媽說過。」無色道：「奇便奇在這兒。」郭襄道：「甚麼奇怪啊？」

無色道：「姑娘和我一見如故，自可對你實說。你道這張紙箋是在那裏得來的？」郭襄道：「是崑崙三聖派人送來的麼？」無色道：「若是派人送來，也就沒甚麼奇怪。常言道樹大招風，我少林寺數百年來號稱天下武學正宗，因此不斷有高手來寺挑戰較藝。每次有武林中人到來，我們總好好款待，說到比武較量，能夠推得掉的便儘量推辭。我們出家人講究勿嗔勿怒，不得逞強爭勝，要是天天跟人打架，還算是佛門子弟麼？」郭襄點頭道：「那也說得是。」

無色又道：「只不過武師們既然上得寺來，不顯一下身手，總是心不甘服。少林寺羅漢堂，做的便是這門接待外來武師的行當。」郭襄笑道：「原來大和尚的專職是跟人打架。」無色苦笑道：「一般武師，武功再強，本堂的弟子們總能應付得了，倒也不必老和尚出手。今日因見姑娘身手不凡，我才自己來試上一試。」郭襄笑道：「你倒挺瞧得起我。」

無色道：「你瞧我把話扯到那裏去啦。實不相瞞，這張紙箋，是在羅漢堂上降龍羅漢像的手中取下來的。」郭襄奇道：「是誰放在羅漢像手中的？」無色搔頭道：「便是不知道啊。我少林寺僧衆千餘人，若有人混進寺來，豈能沒人見到？這羅漢堂固定有八名弟子輪值，日夜不斷。剛才有人見到這張紙箋，飛報老方丈，大家都覺得奇怪，因此召我回寺商議。」

郭襄聽到這裏，已明其意，說道：「你疑心我和那甚麼崑崙三聖串通了，我在寺外搗亂，那三個傢伙便混到羅漢堂中放這紙箋。是嗎？」無色道：「我既和姑娘見了面，自決無疑心。但也事有湊巧，姑娘剛離寺，這張紙箋便在羅漢堂中出現。方丈和無相師弟他們便不能不錯疑到姑娘身上。」郭襄道：「我不認得這三個傢伙。大和尚，你怕甚麼？他們如膽敢前來，跟他們見個高下便了。」無色道：「害怕嘛，自然不怕。姑娘既跟他們沒干係，我便不用躭心了。」

郭襄知他實是一番好意，只怕崑崙三聖是自己相識，動手之際便有許多顧忌，唯恐得罪了好朋友，說道：「大和尚，他們客客氣氣來切磋武藝，那便罷了，否則好好給他們吃些苦頭。這張字條上的口氣可狂妄得很呢！甚麼叫做『一併領教』？難道少林派七十二項絕藝，這三個傢伙都要『一併領教』麼？」

她說到這裏，忽然想起一事，說道：「說不定寺中有誰跟他們勾結了，偷偷放上這樣一張字條，也沒甚麼希奇。」無色道：「這事我們也想過了，可是決計不會。降龍羅漢的手指離地有三丈多高，平時掃除佛身上灰塵，必須搭起高架。有人能躍到這般高處，輕功之佳，實所罕有。寺中縱有叛徒，料來也不會有這等好功夫。」

郭襄好奇心起，很想見見這崑崙三聖到底是何等樣人物，要瞧他們和少林寺僧衆比武，結果誰勝誰負，但少林寺不接待女客，看來這場好戲是不能親眼得見了。

無色見她側頭沉思，只道她是在代少林寺籌策，說道：「少林寺千年來經歷了不知多少大風大浪，至今尚在，這崑崙三聖倘若決意跟我們過不去，少林寺也總當跟他們周旋一番。郭姑娘，半月之後，你在江湖上當可聽到音訊，且看崑崙三聖是否能把少林寺挑了。」說到此處，壯年時的豪情勝慨不禁又勃然而興。

郭襄笑道：「大和尚勿嗔勿怒，你這說話的樣子，能算是佛門子弟麼？好，半月之後，我佇候好音。」說著翻身上了驢背。兩人相視一笑。

郭襄催動青驢，得得下山，心中卻打定主意，非瞧瞧這場熱鬧不可。

她心想：「怎生想個法兒，十天後混進少林寺中去瞧一瞧這場好戲？」又想：「只怕那崑崙三聖未必是有甚麼眞才實學的人物，給大和尚們一擊即倒，那便熱鬧不起來。只要他們有外公、爹爹、或大哥哥的一半本事，這場『崑崙三聖大鬧少林寺』便有點兒看頭。」

想到楊過，心頭又即鬱鬱。這三年來到處尋尋覓覓，始終落得個冷冷清清，終南山古墓長閉，百花坳花落無聲，絕情谷空山寂寂，風陵渡冷月冥冥。她心頭早已千百遍的想過了：「其實，便算找到了他，那又怎地？還不是重添相思，徒增煩惱？他所以悄然遠引，也還不是爲了我好？但明知那是鏡花水月一場空，我卻又不能不想，不能不找。」

任著青驢信步所之，在少室山中漫遊，一路向西，已入嵩山之境，回眺少室東峯，蒼蒼峻拔，沿途山景，觀之不盡。如此遊了數日，這一天到了三休台上，心道：「三休，三休！卻不知是那三休？人生千休萬休，又豈止三休？」

折而向北，過了一嶺，只見古柏三百餘章，皆挺直端秀，凌霄藤托根樹旁，作花柏頂，燦若雲荼。郭襄正自觀賞，忽聽得山坳後隱隱傳出一陣琴聲，心感詫異：「這荒僻之處，居然有高人雅士在此操琴。」她幼受母教，琴棋書畫，無一不會，雖均不過粗識皮毛，但她生性聰穎，又愛異想天開，因此和母親論琴、談書，往往有獨到之見，黃蓉也甚喜和她講論。這時聽到琴聲，好奇心起，放了青驢，循聲尋去。

走出十餘丈，只聽得琴聲之中雜有無數鳥語，初時也不注意，但細細聽來，琴聲竟似和鳥語互相應答，間間關關，宛轉啼鳴。郭襄隱身花木之後，向琴聲發出處張去，只見三株大松樹下一個白衣男子背向而坐，膝上放著一張焦尾琴，正自彈奏。他身周樹木上停滿了鳥雀，黃鶯、杜鵑、喜鵲、八哥，還有許多不知其名的，和琴聲或一問一答，或齊聲和唱。郭襄心道：「媽說琴調之中有一曲〈空山鳥語〉，久已失傳，莫非便是此曲麼？」

聽了一會，琴聲漸響，但愈到響處，愈是和醇，羣鳥卻不再發聲，只聽得空中振翼之聲大作，東南西北各處又飛來無數雀鳥，或止歇樹巔，或上下翺翔，毛羽繽紛，蔚爲奇觀。那琴聲平和中正，隱然有王者之意。

郭襄心下驚奇：「此人能以琴聲集鳥，這一曲難道竟是〈百鳥朝鳳〉？」心想可惜外公不在這裏，否則以他天下無雙的玉簫與之一和，實可稱並世雙絕。

那人彈到後來，琴聲漸低，樹上停歇的雀鳥一齊盤旋飛舞。突然錚的一聲，琴聲止歇，羣鳥飛翔了一會，慢慢散去。

那人隨手在琴弦上彈了幾下短音，仰天長嘆，說道：「撫長劍，一揚眉，清水白石何離離？世間苦無知音，縱活千載，亦復何益？」說到此處，突然間從琴底抽出一柄長劍，但見青光閃閃，照映林間。郭襄心想：「原來此人文武全才，不知他劍法如何？」

只見他緩步走到古松前的一塊空地上，劍尖抵地，一畫一畫的劃了起來，劃了一畫又是一畫。郭襄大奇：「世間怎會有如此奇怪的劍法？難道以劍尖在地下亂劃，便能克敵制勝？此人之怪，眞難測度。」

默數劍招，只見他橫著劃了十九招，跟著變向縱劃，一共也是一十九招。劍招始終不變，不論縱橫，均是平直的一字。郭襄依著他劍勢，伸手在地下劃了一遍，隨即險些失笑，他使的那裏是甚麼怪異劍法，卻原來是以劍尖在地下劃了一張縱橫各一十九道的棋盤。

那人劃完棋盤，以劍尖在左上角和右下角圈了一圈，再在右上角和左下角劃了個交叉。郭襄既已看出他劃的是一張圍棋棋盤，自也想到他是在四角布上勢子，圓圈是白子，交叉是黑子。跟著見他在右上角距勢子三格處圈了一圈，又在那圓圈下兩格處劃了一叉，待得下到第二十九著時，以劍拄地，低頭沉思，當是決不定該當棄子取勢，還是力爭邊角。

郭襄心想：「此人和我一般寂寞，空山撫琴，以雀鳥爲知音；下棋又沒對手，只得自己跟自己下。」

那人想了一會，白子不肯罷休，與黑子在右上角展開劇鬥，一時之間妙著紛紜，自北而南，逐步爭到了中原腹地。郭襄看得出神，漸漸走近，見白子布局時棋輸一著，始終落在下風，到了第九十三著上遇到個連環劫，白勢已岌岌可危，但他仍在勉力支撐。常言道：「當局者迷，旁觀者清。」郭襄棋力雖然平平，卻也看出白棋若不棄子他投，難免在中腹全軍覆沒，忍不住脫口叫道：「何不逕棄中原，反取西域？」

那人一凜，見棋盤西邊尚自留著一大片空地，要是乘著打劫之時連下兩子，佔據要津，即使輸劫棄了中腹，仍可設法爭個不勝不敗的和局。那人得郭襄一言提醒，仰天長笑，連說：「好，好！」跟著下了數子，突然想起有人在旁，將長劍往地下一擲，轉身說道：「那一位高人指點，在下感激不盡。」說著向郭襄藏身處一揖。

郭襄見這人長臉深目，瘦骨稜稜，約莫三十歲左右年紀。她向來脫略，也不理會男女之嫌，從花叢中走了出來，笑道：「適才聽得先生雅奏，空山鳥語，百禽來朝，實深欽佩。又見先生畫地為局，黑白交鋒，引人入勝，一時忘形，忍不住多嘴，還望見諒。」

那人見郭襄是個妙齡女郎，大以為奇，但聽她說到琴韻，絲毫不錯，很是高興，說道：「姑娘深通琴理，若蒙不棄，願聞清音。」

郭襄笑道：「我媽媽雖也教過我彈琴，但比起你的神乎其技，卻差得遠了。不過我既已聽過你的妙曲，不回答一首，卻有點說不過去。好罷，我彈便彈一曲，你可不許取笑！」那人道：「怎敢？」雙手捧起瑤琴，送到郭襄面前。

郭襄見這琴古紋斑斕，顯是年月已久，於是調了調琴弦，彈了起來，奏的是一曲〈考槃〉。她的手法自沒甚麼出奇，但那人卻頗有驚喜之色，順著琴音，默想詞句：「考槃在澗，碩人之寬，獨寐寤言，永矢勿諼。」這詞出自《詩經》，是一首隱士之歌，說大丈夫在山澗之間遊蕩，獨往獨來，雖寂寞無侶，容色憔悴，但志向高潔，永不改變。那人聽這琴音說中自己心事，不禁大是感激，琴曲已終，他還是痴痴的站著。

郭襄輕輕將瑤琴放下，轉身走出松谷，縱聲而歌：「考槃在陸，碩人之軸，獨寐寤宿，永矢勿告。」招來青驢騎上了，又往深山林密之處行去。

郭襄在江湖上闖蕩三年，所經異事甚多，那人琴韻集禽、劃地自弈之事，在她也只如過眼雲煙，風萍聚散，在心中了無痕跡。

又過幾天，屈指算來是她闖鬧少林寺的第十天，便是崑崙三聖約定要和少林僧較量武藝的日子。郭襄想不出如何混入寺中看這場熱鬧，心道：「媽媽甚麼事兒眼睛一轉，便想到了十七八條妙計。我偏這麼蠢，連一條計策也想不出來。好罷，不管怎樣，先到寺外去瞧瞧再說，說不定他們應付外敵時打得緊急，便忘了攔我進寺。」

胡亂吃了些乾糧，騎著青驢又往少林寺進發，離寺約莫十來里，忽聽得馬蹄聲響，左側山道上三乘馬連騎而來。三匹馬步子迅捷，轉眼間便從郭襄身側掠過，直上少林寺而去。馬上三人都是五十來歲的老者，身穿青布短衣，馬鞍上都掛著裝兵刃的布囊。

郭襄心念一動：「這三人身負武功，今日帶了兵刃上少林寺，多半便是崑崙三聖了。我若遲了一步，只怕瞧不到好戲。」伸手在青驢臀上一拍，青驢昂首一聲嘶叫，放蹄快跑，追到了三騎之後。

馬上乘客揮鞭催馬，三乘馬疾馳上山，腳力甚健，頃刻間將郭襄的青驢抛得老遠，再也追趕不及。一個老者回頭望了一眼，臉上微現詫異。

郭襄縱驢又趕了二三里地，三騎已影蹤不見，青驢這一程快奔，卻已噴氣連連，頗有些支持不住。郭襄叱道：「不中用的畜生，平時儘愛鬧脾氣，發蠻勁，姑娘當眞要用你時，卻又趕不上人家。」眼見再催也是無用，索性便在道旁一座石亭中憩息片刻，讓青驢在亭子旁的溪水中喝水。過不多時，忽聽得馬蹄聲響，那三騎轉過山坳，奔了回來。郭襄大奇：「怎地這三人一上去便回了轉來，難道竟如此不堪一擊？」

三匹馬奮鬣揚蹄，直奔進石亭中來，三個乘客翻身下馬。郭襄瞧那三人時，見一個矮老者臉若硃砂，一個酒糟鼻子火也般紅，笑咪咪的頗爲溫和可親；一個竹竿般身材的老者臉色鐵青，蒼白之中隱隱泛出綠氣，似乎終年不見天日一般，這兩人身形容貌，無一不是截然相反。第三個老者相貌平平無奇，只臉色蠟黃，微帶病容。

郭襄好奇心起，問道：「三位老先生，你們到了少林寺沒有？怎地剛上去便回下來啦？」青臉老者橫了她一眼，似怪她亂說亂問。那酒糟鼻的紅臉矮子笑道：「姑娘怎知我們是到少林寺去？」郭襄道：「從此上去，不到少林寺卻往何處？」紅臉老者點頭道：「這話倒也不錯。姑娘卻又往何處去？」郭襄道：「你們去少林寺，我自然也去少林寺。」青臉老者道：「少林寺向來不許女流踏進山門一步，又不許外人攜帶兵刃進寺。」語氣傲慢。他身裁甚高，眼光從郭襄頭頂上瞧了過去，向她望也不望上一眼。

郭襄心下著惱，說道：「你們怎又攜帶兵刃？那馬鞍旁的布囊之中，放的難道不是兵器麼？」青臉老者冷冷的道：「你怎能跟我們相比？」郭襄冷笑一聲，說道：「你們三個又怎樣？憑甚麼便這般橫？喂，你們崑崙三聖跟少林寺的老和尚們交過手了麼？誰勝誰敗啊？」

三個老者登時臉色微變。紅臉老者問道：「小姑娘，你怎知崑崙三聖的事？」郭襄道：「我自然知道。」青臉老者突然踏上一步，厲聲道：「你姓甚麼？是誰的門下？到少林寺來幹甚麼？」郭襄俏臉一揚，道：「你管得著麼？」

青臉老者脾氣暴躁，手掌揚起，便想給她一個耳光，但跟著便想到大欺小、男欺女甚不光采，自己是何等身分，怎能跟姑娘家一般見識？身形微晃，伸手便摘下郭襄腰間懸著的短劍。這一下出手之快難以形容，郭襄但覺涼風輕颺，人影閃動，佩劍便給他搶了去。

她猝不及防，猛地裏著了人家的道兒，實是她行走江湖以來從所未有之事。其實以她武功閱歷，要闖蕩江湖原是大大不夠，不過武林中十之八九都知她是郭靖、黃蓉的女兒，自經楊過傳柬給她慶賀生辰之後，旁門左道之士幾乎也無人不曉，就算不礙著郭靖、黃蓉的面子，也不想得罪了楊過。然衆人雖聞其名，未必識得其人，只是她人既美秀，又豪爽好客，即是市井中引車賣漿、屠狗負販之徒，她也一視同仁，往往沽了酒來請他們共飲一杯。因此江湖間雖風波險惡，她竟履險如夷，逢凶化吉，從來沒吃過大虧。此刻這青臉老者驀然間奪了她的劍去，竟使她一時不知所措，若上前相奪，自忖武功遠遠不及，但如就此罷休，心下又豈能甘？

青臉老者左手中指和食指夾著短劍的劍鞘，冷冰冰的道：「你這把劍，我暫且扣下了。你膽敢對我這等無禮，自是父母和師長少了管教。你要他們來向我取劍，我會跟他們好好說一說，教你父母師長多留上點兒神。」

這番話把郭襄氣得滿臉通紅，聽此人說話，直是將她當作了一個沒家教的頑童，心想：「好哇！你罵了我，也罵了我外公和爹娘，你當眞有通天本事，這般天不怕地不怕的亂逞威風？」她定了定神，強忍一口怒氣，說道：「你叫甚麼名字？」

青臉老者哼了一聲，道：「甚麼『你叫甚麼名字』？我教你，你該這麼問：『不敢請教老前輩尊姓大名？』」

郭襄怒道：「我偏要問你叫甚麼名字。你不說便不說罷，誰又希罕了？這把劍又値得甚麼？你爲老不尊，偷人搶人的東西，我也不要了。」說著轉過身子，便要走出石亭。

忽然間眼前紅影一閃，那紅臉矮子已擋在她身前，笑咪咪的道：「女孩兒家脾氣不可這般大，將來去婆家做媳婦兒，難道也由得你使小性兒麼？好，我便跟你說，我們是師兄弟三人，這幾天萬里迢迢的剛從西域趕來中原……」

郭襄小嘴一扁，道：「你不說我也知道，我們神州中原，本沒你三個的字號。」

三個老者相互望了一眼。紅臉老者道：「請問姑娘，尊師是那一位？」郭襄在少林寺中不肯說父母名字，這時心下眞的惱了，說道：「我爹爹姓郭，單名一個『靖』字。我媽媽姓黃，單名一個『蓉』字。我沒師父，就是爹爹媽媽胡亂教一些兒。」

三個老者又互相望了一眼。青臉老者喃喃的道：「郭靖？黃蓉？他們是那一門那一派的？是誰的弟子？」

郭襄這一氣當眞非同小可，心想我父母名滿天下，別說武林中人，便尋常百姓，又有幾個不知義守襄陽的郭大俠？但瞧那三個老者神色，卻又不似假裝不知。她心念一動，當即恍然：「這崑崙三聖遠處西域，從來不履中土。以這般高的武功，爹媽卻從來沒提過他們的名頭，那麼他們眞的不知爹爹媽媽，也不足爲奇的了。想必他們在崑崙山深處隱居，勤練武功，對外事從來不聞不問。」想到這裏，登時釋然，怒氣便消，她本不是愛使小性兒的小器姑娘，說道：「我姓郭名襄，是襄陽城這個『襄』字。好啦，我已對你們說了。請問你們三位老先生尊姓大名啊？」

紅臉老者笑嘻嘻的道：「是啊，小女娃兒很乖，一教便會，這才是尊敬長輩的道理。」指著那黃臉老者道：「這位是我們的大師哥，他姓潘，名字叫天耕。我是二師兄，姓方，叫方天勞。」手指青臉老者道：「這位是三師弟，姓衛，名叫天望。我們師兄弟三個，排行中都有一個『天』字。」

郭襄「嗯」了一聲，默記一遍，問道：「你們到底上不上少林寺去？你們跟那些和尚們比過武麼？卻是誰的武功強些？」

青臉老者衛天望「咦」的一聲，厲聲道：「怎地你甚麼都知道？我們要跟少林寺和尚比試武藝，天下沒幾人知道，你怎麼得知？快說，快說！」說著直逼到郭襄身前，右手揑緊了拳頭，惡狠狠的瞪著她。

郭襄暗想：「我豈能受你的威嚇？本來跟你說了也不打緊，但你越惡，我越不說。」向他也瞪了一眼，冷然道：「你這個名字不好，爲甚麼不改作『天惡』？」衛天望怒道：「甚麼？」郭襄道：「如你這般兇神惡煞的人物，當眞少見，搶了我的東西，還這麼狠霸霸的，這不是天上的天惡星下凡麼？」衛天望喉頭胡胡幾聲，發出猶似獸嗥般的聲響，胸脯突然間脹大了一倍，似乎頭髮和眉毛都豎了起來。

郭襄見衛天望這般情狀，他若猛然出手，其勢定不可當，不由得也暗生懼意。紅臉老者方天勞急叫：「三弟，不可動怒！」拉著郭襄手臂往後一扯，將她扯後數尺，自己身子已隔在兩人之間。

衛天望右手拔劍出鞘，左手兩根手指平平夾住劍刃，勁透指節，喀的一聲，劍刃登時斷爲兩截，跟著將半截斷劍還入劍鞘，說道：「誰要你這把不中用的短劍了？」

郭襄見他指上勁力如此厲害，更是駭然。

衛天望見她變色，甚是得意，抬頭哈哈大笑，笑聲刺人耳鼓，直震得石亭上的瓦片也格格而響。

驀地裏喀喇一聲，石亭屋頂破裂，掉下一大塊物事。衆人都吃了一驚，連衛天望也大出意料之外。他運足內力，發出笑聲，方能震動屋瓦，其實這笑聲中殊無歡愉之意，只不過運功發勁，大叫幾聲「哈哈、哈哈」而已，居然能震破屋頂，不由得驚喜交集，想不到近來不知不覺中內力竟然大進。再看那掉下來的物事時，更是一驚，只見一個身穿白衣的漢子，雙手抱著一張瑤琴，躺在地下，兀自閉目沉睡。

郭襄喜道：「喂，你在這兒啊！」

此人正是數日前她在山坳中遇見的那個撫琴自弈的男子。

那人聽到郭襄說話，跳起身來，說道：「姑娘，我到處找你，卻不道又在此間邂逅。」郭襄道：「你找我幹甚麼？」那人道：「我忘了請教姑娘尊姓大名。」郭襄道：「甚麼尊姓大名？文謅謅酸溜溜的，我最不愛聽。」那人一怔，笑道：「不錯，不錯！越是鬧虛文、擺架子，越沒眞才實學，這種人去混騙鄉巴老兒，那就最妙不過。」說罷雙眼瞪著衛天望，嘿嘿冷笑。郭襄大喜，想不到此人如此知趣，這般幫著自己。

衛天望給他這雙眼一瞪，一張鐵青的臉更加青了，冷冷的道：「尊駕是誰？」

那人竟不理他，對郭襄道：「姑娘，你叫甚麼名字？」郭襄道：「我姓郭，單名一個襄字。」那人鼓掌道：「啊，當眞有眼不識泰山，原來便是四海聞名的郭大姑娘。令尊郭靖郭大俠，令堂黃蓉黃女俠，除了無知無識之徒、不明好歹之輩，江湖上誰人不知，那個不曉？他二人文武雙全，刀槍劍戟、拳掌氣功、琴棋書畫、詩詞歌賦，無一不是淩駕古今，冠絕當時。哈哈，偏有一干妄人，竟爾不知他二位響噹噹的名頭。」

郭襄心中一樂：「原來你躲在石亭頂上，早聽到了我和這三人的對答。看來你也不知我爹娘是何等樣人。我行二，卻叫我郭大姑娘，又說我爹爹精通琴棋書畫、詩詞歌賦，眞是笑話奇談了。」笑問：「那你叫甚麼名字啊？」

那人道：「我姓何，名字叫作『足道』。」郭襄笑道：「何足道！何足道哉？這個名字倒謙虛得很。」何足道說道：「比之天甚麼、地甚麼的大言不慚、妄自尊大的小子，區區的名字還算不易令人作嘔。」

何足道一直對衛天望等三人不絕口的冷嘲熱諷。那三人見他壓破亭頂而下，顯非尋常，初時尚且忍耐，要瞧瞧這個白衣怪客到底是甚麼來歷。但聽他言語愈來愈刻薄，衛天望再也按捺不住，反手一掌，便往他左頰打去。

何足道頭一低，從他手臂底下鑽過。衛天望只覺左腕上微微一麻，手中持著的短劍已給他挾手奪去。衛天望搶奪郭襄的短劍之時，身法奇快，令人無法看清，當時郭襄出乎不意，全沒防範，但何足道這一下卻是飄然而過，輕描淡寫的便將短劍隨手取過，身法手勢，也無甚特異。

衛天望一驚，搶步而上，出指如鉤，往他肩頭抓落。何足道斜身略避，這一抓從他身側擦過。潘天耕和方天勞突然間倒躍出亭。衛天望左拳右掌，風聲呼呼，霎時之間打出了七八招。何足道左閃右避，竟連衣角也沒給帶到半點。他手中捧著短劍，對敵人猶如暴風驟雨般的拳招始終不招不架，只微微一側身，衛天望的拳招便即落空。

郭襄限於年歲，武功雖不甚精，見識卻是極高的，只因她親友中不少是當世第一流的武學高手，見何足道舉重若輕，以極巧妙身法，閃避極剛猛敵招，這等武功身法另成一家，和中土各家各派著名的武學均自不同，不由得越看越奇。

衛天望連發二十餘招，兀自不能逼得對方出手，猛地一聲低嗥，拳法忽變，出招遲緩，但拳力卻凝重強勁。郭襄站在亭中，漸覺拳風壓體，一步步的退到了亭外。

這時何足道也不敢再只閃避而不還招，將短劍插入腰帶，雙足穩穩站定，喝道：「你會硬功，難道我便不會麼？」待衛天望雙掌推到，左手反擊一掌，以硬功對硬功，砰的一聲，衛天望身子一晃，倒退了兩步。何足道卻站在原地不動。

衛天望自恃外門硬功當世少有敵手，豈知對方硬碰硬的反擊，毫不借勢取巧，竟以硬功將自己震退。他心中不服，吸一口氣，大喝一聲，又是雙掌劈出。何足道也是一聲猛喝，反擊一掌，喀喇喇響聲過去，只震得亭子頂上的破洞中泥沙亂落。

衛天望退了四步，方始拿樁站定。他對了這兩掌後，頭髮蓬亂，雙睛突出，雙手抱著丹田，呼呼呼的運了幾口氣，胸口凹陷，肚脹如鼓，全身骨節格格亂響，一步步的向何足道緩緩走來。何足道見了他這等聲勢，便也不敢怠慢，調勻眞氣，以待敵勢。

衛天望走到離敵人身前四五尺之處，本該發招，可是仍不停步，又向前走了兩步，直到兩人面對而立，幾乎呼吸相接，這才雙掌驟起，一掌擊向敵人面門，另一掌卻按向對方小腹。這一次他雙掌錯擊，要令對手力分而散。招勢掌力，俱凌厲已極。

何足道也雙掌齊出，交叉著左掌和他左掌相接，右掌和他右掌相碰，但掌力之中卻分出一剛一柔。衛天望只覺擊向對方小腹的一掌如打在空處，擊他面門的右掌卻似碰到了銅牆鐵壁，甫覺不妙，猛地裏一股巨力撞來，已將他身子直送出石亭之外。

這一下仍是硬碰硬的以力對力，力弱者傷，中間實無絲毫迴旋餘地，不論衛天望拿樁站定，或一交摔倒，他自己的掌力反擊回來，再加上何足道的掌力，定須迫得他口噴鮮血。潘天耕和方天勞齊聲叫道：「出手！」兩人同時躍起，分別抓住衛天望的手臂向上急提，這才消去了何足道剛猛的掌力。衛天望雖未受傷，但五臟翻動，全身骨骼如欲碎裂，一口氣緩不過來，登時委頓不堪。那紅臉矮子方天勞見師弟吃了這般大苦頭，暗自驚怒，臉上仍笑嘻嘻的道：「閣下掌力之強，世所少見，佩服，佩服。」

郭襄心想：「說到掌力的剛猛渾厚，又有誰能及得爹爹的降龍十八掌？你們崑崙三聖僻處荒山，井底觀天，夜郎自大，總有一日教你們見識見識中土人物。」她言念及此，心中驀地一酸，原來這時她想到要方天勞等見識的中土人物，竟不是她父親，而是楊過。

只聽方天勞又道：「小老兒不才，想領教領教閣下的劍法。」何足道道：「方兄對郭姑娘很客氣，在下可沒怪你，咱們不用比了。」

郭襄一怔：「你給那姓衛的吃這番苦頭，原來爲了他對我不客氣？」

方天勞走到坐騎之旁，從布囊中取出一柄長劍，唰的一響，拔劍出鞘，伸指在劍身上一彈，嗡嗡之聲，良久不絕。他一劍在手，笑容忽歛，左手揑個劍訣，平推而出，訣指上仰，右手劍朝天不動，正是一招「仙人指路」。

何足道道：「方兄既定要動手，我就拿郭姑娘這短劍跟你試幾招。」說著抽出半截短劍。那短劍本不過一尺來長，給衛天望以指截斷後，劍刃只餘下七八寸，而且平頭無鋒，連匕首也不像。他左手仍握著劍鞘，右手舉起半截斷劍，陡然搶攻。

這一下出招快極，方天勞眼前白影閃動，何足道已連攻三招，雖因斷劍太短，傷不著他，但方天勞已暗暗心驚：「這三招來得好快，眞難招架，那是甚麼劍法？他手中拿的若是長劍，只怕此刻我已血濺當場。」

何足道三招過後，向旁竄開，凝立不動。方天勞展開劍法，半守半攻，猱身搶上。

何足道閃身相避，只不還手，突然間快攻三招，逼得方天勞手忙足亂，他卻又已縱身躍開。方天勞一柄劍使將開來，白光閃閃，出手甚是迅捷。

郭襄心道：「這老兒招數剛猛狠辣，和那姓衛的掌法是同一路子，只是帶了三分靈動之氣，卻更加厲害些……」正想到此處，忽聽得何足道喝道：「小心了！」一個「了」字剛脫口，左手劍鞘一舉，快逾電光石火，噗的一聲輕響，已用劍鞘套住了方天勞長劍的劍頭，右手斷劍跟著遞出，直指他咽喉。

方天勞長劍不得自由，沒法迴劍招架，眼睜睜的瞧著斷劍抵向自己咽喉，只得撒手撇下長劍，就地滾開，才避開了這一招。他尚未躍起，人影閃動，潘天耕已縱身過來，抓住長劍劍柄，一抖一抽，脫出劍鞘。何足道與郭襄同時喝道：「好身法！」這臉有病容的老頭始終不發一言，武功竟是三人之首。

何足道道：「閣下好功夫，在下甚為佩服。」回頭向郭襄道：「郭姑娘，自從日前得聆姑娘雅奏，我作了一套曲子，想請你品評品評。」郭襄道：「甚麼曲子啊？」何足道盤膝坐下，將瑤琴放在膝上，理弦調韻，便要彈琴。

潘天耕道：「閣下連敗我兩個師弟，姓潘的還欲請教。」

何足道搖手道：「武功比試過了，沒甚麼餘味。我要彈琴給郭姑娘聽。這是一首新曲。你們三位愛聽，便請坐著，倘若不懂，可請自便。」左手按節撚弦，右手彈了起來。

郭襄只聽了幾節，不由得又驚又喜。原來這琴曲的一部分是自己奏過的〈考槃〉，另一部分卻是秦風中的〈蒹葭〉之詩，兩曲截然不同的調子，給他別出心裁的混和在一起，一應一答，說不出的奇妙動聽，但聽琴韻中奏著：「考槃在澗，碩人之寬。蒹葭蒼蒼，白露爲霜，所謂伊人，在水一方……碩人之寬，碩人之寬……溯洄從之，道阻且長，溯游從之，宛在水中央……獨寐寤言，永矢勿諼，永矢勿諼……」郭襄心中驀地一動：「他琴中說的『伊人』，難道是我麼？這琴韻何以如此纏綿，充滿了思慕之情？」想到此處，不由得臉上微微一紅。只這琴曲實在編得巧妙，〈考槃〉和〈蒹葭〉兩首曲子的原韻絲毫不失，相互參差應答，卻大大的豐瞻華美起來。她一生之中，從未聽到過這樣的樂曲。

潘天耕等三人卻半點不懂。他們不知何足道爲人疏狂，頗有書呆子的痴氣，既編了一首新曲，便巴巴的趕來要郭襄欣賞，何況這曲子也確是爲她而編，登時將別事盡皆拋在腦後。但見他凝神彈琴，竟沒將自己三人放在眼裏，顯是對自己輕視已極，是可忍孰不可忍？潘天耕長劍一指，點向何足道左肩，喝道：「快站起來，我跟你比劃比劃！」

何足道全心沉浸在琴韻之中，似乎見到一個狷介狂生在山澤中漫遊，遠遠望見水中小島站著一個溫柔少女，於是不理會山隔水阻，一股勁兒的過去見她……

忽然間左肩上一痛，他登時驚覺，抬起頭來，只見潘天耕手中長劍指著他肩頭，輕輕刺破了一點兒皮膚，如再不招架，只怕他便要挺劍傷人，但琴曲尙未彈完，俗人在旁相擾，實在大煞風景，當下左手抽出半截斷劍，噹的一聲，將潘天耕長劍架開，右手仍撫琴不停。

這當兒何足道終於顯出了生平絕技，他右手彈琴，左手使劍，不能按弦，便對著第五根琴弦聚氣吹落，琴弦低陷下去，竟與用手按捺無異，右手彈奏，琴聲高下低昂，無不宛轉如意。

潘天耕急攻數招，何足道順手應架，雙眼凝視琴弦，惟恐一口氣吹的部位不合，亂了琴韻。潘天耕愈怒，劍招越攻越急，但不論長劍刺向何方，總給他輕描淡寫的擋開。

郭襄聽著琴聲，心中樂音流動，對潘天耕的挺劍疾攻也沒在意，只雙劍相交之聲擾亂了琴音。她雙手輕擊，打著節拍，皺眉對潘天耕道：「你出劍快慢全然不合，難道半點不懂音韻嗎？喏，你聽著這節拍出劍，一拍一劍，夾在琴聲中就不難聽。」

潘天耕如何理她？見敵人坐在地下，只單手持半截斷劍，眼光凝視琴弦，自己卻兀自奈何不了他，更是焦躁，斗然間劍法一變，一輪快攻，兵刃相交的噹噹之聲登時便如密雨。這繁弦急管一般的聲音，和那溫雅纏綿的琴韻絕不諧和。

何足道雙眉一挑，勁傳斷劍，錚的一響，潘天耕手中的長劍斷爲兩截，但就在此時，七弦琴上的第五弦也應聲崩斷。

潘天耕臉如死灰，一言不發，轉身出亭。三人跨上馬背，向山上急馳而去。

郭襄甚是奇怪，說道：「咦，這三人打了敗仗，怎地還上少林寺去？當眞是要死纏到底麼？」回過頭來，卻見何足道滿臉沮喪，手撫瑤琴，似乎說不出的難受。

郭襄心想：「斷了一根琴弦，又算得甚麼？」接過瑤琴，解下半截斷弦，放長琴弦，重行繞柱調音。何足道搖頭嘆息，說道：「枉自多年修為，終究心不能靜。我左手鼓勁斷他兵刃，右手卻將琴弦也彈斷了。」

郭襄這才明白，他是懊喪自己武功未純，笑道：「你想左手凌厲攻敵，右手舒緩撫琴，這是分心二用之法，當今之世只三人能夠。你沒練到這個地步，那也用不著難過啊。」何足道問道：「是那三位？」郭襄道：「第一位老頑童周伯通，第二位便是我爹爹，第三位是楊夫人小龍女。除他三人之外，就算我外公桃花島主、我媽媽、神鵰大俠楊過等武功再高之人，也不能夠。」何足道道：「世間居然有此奇人，幾時請你給我引見引見。」

郭襄黯然道：「要見我爹爹不難，其餘兩位哪，可不知到何處去找了。」見何足道悃然出神，兀自想著適才斷弦之事，安慰他道：「你一舉擊敗崑崙三聖，也足以傲視當世了，何必為了崩斷琴弦的小事鬱鬱不樂？」

何足道瞿然而驚，問道：「崑崙三聖？你說甚麼？你怎知道？」

郭襄笑道：「那三個老兒來自西域，自是崑崙三聖了。他們的武功果有獨到之處，但要向少林寺挑戰，卻未免太自不量力……」只見何足道驚訝的神色愈來愈盛，不禁問道：「有甚麼奇怪？」

何足道喃喃的道：「崑崙三聖，崑崙三聖何足道，那便是我啊。」

郭襄吃了一驚，說道：「你是崑崙三聖？那麼其餘兩個呢？」

何足道道：「崑崙三聖只有一人，從來就沒三個。我在西域闖出了一點小小名頭，當地的朋友說我琴劍棋三絕，可以說得上是琴聖、劍聖、棋聖。因我長年居於崑崙山中，是以給了我一個外號，叫作『崑崙三聖』。但我想這個『聖』字，豈是輕易稱得的？雖然別人給我臉上貼金，也不能自居不疑，因此上我改了自己的名字，叫作『足道』，聯起來說，便是『崑崙三聖何足道』。人家聽了，便不會說我狂妄自大了。」

郭襄拍手笑道：「原來如此。我只道既是崑崙三聖，定是三個人。那麼剛才這三個老兒呢？」何足道道：「他們麼？他們是少林派的。」

郭襄更奇怪了，道：「原來這三個老頭反而是少林弟子。嗯，他們的武功果然是剛猛一路。不錯，不錯，那紅臉老頭使的可不是達摩劍法？對啦，那個黃臉病夫最後一輪急攻，卻不是韋陀伏魔劍？不過他加了好多變化，我一時之間沒瞧出來。怎麼他們又是從西域來？」

何足道說道：「這件事說起來有個緣故。去年春天，我在崑崙山驚神峯絕頂彈琴，忽聽得茅屋外有毆擊之聲，出去看時，見兩個人扭作一團，已各受致命重傷，卻兀自竭力拚鬥。我喝他們住手，兩人誰也不肯罷休，於是我將他們拆解開來。其中一人白眼一翻，登時死了，另一個卻還沒斷氣。我將他救回屋中，給他服了一粒少陽丹，救治了半天，終於他受傷太重，靈丹無法續命。他臨死之時，說他名叫尹克西……」

郭襄「啊」的一聲，道：「那個跟他毆鬥的莫非是瀟湘子？那人身形瘦長，臉容便似殭屍一般，是麼？」何足道奇道：「是啊，怎地你甚麼都知道？」郭襄道：「我也見過他們的，想不到這對活寶，最後終於互鬥而死。」

何足道道：「那尹克西說，他一生作惡多端，臨死之時，懊悔卻也已遲了。他說他和瀟湘子從少林寺中盜了一部經書出來，兩人互相防範，誰也不放心讓對方先看，生怕對方學強了武功，便下手將自己除去，獨霸這部經書。兩人同桌而食，同床而睡，當眞寸步不離，但吃飯時生怕對方下毒，睡覺時躭心對方暗算，提心吊膽，魂夢不安，又怕少林寺的和尚追索，便遠遠逃來西域。到了驚神峯上，兩人已筋疲力盡，都知這般下去終究會活生生的累死，終於出手打了起來。尹克西說，那瀟湘子武功本來在他之上，那知雖是瀟湘子先動手打了他一掌，結果反而是他略佔上風。後來他才想起，瀟湘子曾在華山受了重傷，元氣始終不復。否則的話，若不是兩人各有所忌，也挨不到崑崙山上了。」

郭襄聽了這番話，想像那二人一路上心驚肉跳、死挨苦纏的情景，不由得惻然生憫，嘆道：「爲了一部經書，也不値得如此啊！」

何足道道：「那尹克西說了這番話，已上氣不接下氣，他最後求我來少林寺走一遭，要我跟寺中一位覺遠和尚說，說甚麼經書是在油中。我聽得奇怪，甚麼經書在油中？欲待再問詳細，他已支持不住，暈了過去。我準擬待他好好睡上一覺，醒過來再問端詳，那知道他這一睡就沒再醒。我想莫非那部經書包在油布之中？但細搜二人身邊，卻影蹤全無。受人之託，忠人之事，我平生足跡未履中土，正好乘此遊歷一番，於是便到少林寺來啦。」

郭襄問道：「那你怎地又到寺中去下戰書，說要跟他們比試武藝？」

何足道微笑道：「這事卻是從適才這三人身上而起了。這三人是西域少林派的俗家弟子，據西域武林中的人說，他們是『天』字輩，和少林寺方丈天鳴禪師是同輩。好像他們的師祖從前和寺中的師兄弟鬧了意見，一怒而遠赴西域，傳下了少林派的西域一支。本來嘛，少林派武功是達摩祖師自天竺傳到中土，再從中土分到西域，也沒甚麼希奇。這三人聽到了我『崑崙三聖』的名頭，要來跟我比劃，一路上揚言說甚麼少林派武功天下無敵。說我號稱琴聖、棋聖，那也罷了，這『劍聖』兩字，他們卻萬萬容不得，非逼得我去了這名頭不可。只可『二聖』，『三聖』便不行。正好這時我碰上尹克西，心想反正要上少林寺來，兩番功夫一番做，於是派人跟他們約好了在少林寺相見，便自行來到中原。這三位仁兄腳程也真快，居然前腳接後腳的也趕到了。」

郭襄笑道：「此事原來如此，可教我猜岔了。三個老兒這時候回到了少林寺，不知說些甚麼？」

何足道道：「我跟少林寺的和尚素不相識，又沒過節，跟他們訂約十天，是要待這三個老兒趕到，這才動手。現下架也打過了，咱們一齊上去，待我傳了句話，便下山去罷。」郭襄皺眉道：「和尚們的規矩大得緊，不許女子進寺。」何足道道：「呸！甚麼臭規矩了？咱們偏偏闖進去，還能把人殺了？」

郭襄雖然好事，但既已和無色禪師訂交，對少林寺已無敵意，搖頭笑道：「我在山門外等你，你自進寺去傳言，省了不少麻煩。」

何足道點頭道：「就是這樣。剛才的曲子沒彈完，回頭我好好的再彈一遍給你聽。」

注：現今少林寺戒律圓融，往年不准女流入寺的規矩早已取消，今日女性入寺觀光禮佛，該寺不分男女，一概竭誠歡迎。

覺遠側過鐵桶，將郭襄和張君寶分別兜入桶中。他連轉七八個圈子，一對大鐵桶給他渾厚無比的內力揮將開來，猶如流星鎚一般。達摩堂眾弟子紛紛閃避。

二　武當山頂松柏長

兩人緩步上山，直走到寺門外，竟不見一個人影。何足道道：「我也不進去啦，請那位和尚出來說句話就是了。」朗聲說道：「崑崙山何足道造訪少林寺，有一言奉告。」這句話剛說完，只聽得寺內十餘座巨鐘一齊鳴了起來，噹噹之聲，只震得羣山皆應。

突見寺門大開，分左右走出兩行身穿灰袍的僧人，左邊五十四人，右邊五十四人，共一百零八人，那是羅漢堂弟子，合一百零八名羅漢之數。其後跟出來十八名僧人，年歲較大，灰袍上罩著淡黃袈裟，是高一輩的達摩堂弟子。稍隔片刻，出來七個身穿大塊格子袈裟的老僧。七僧皺紋滿面，年紀少的也已七十餘歲，老的似達九十高齡，乃心禪堂七老。然後天鳴方丈緩步而出，左首達摩堂首座無相禪師，右首羅漢堂首座無色禪師。潘天耕、方天勞、衛天望三人跟隨其後。最後則是七八十名少林派俗家弟子。

那日何足道悄入羅漢堂，在降龍羅漢手中留下簡帖，這份武功已令方丈及無色、無相等大爲震驚。數日後潘天耕等自西域趕到，說起約會比武，寺中高僧更增戒心。西域少林一支因途程遙遠，數十年來極少和中州少林互通音問，但寺中衆高僧均知，當年遠赴西域開派的那位師叔祖苦慧禪師武功上實有驚人造詣，他傳下的徒子徒孫自亦不同凡響。聽潘天耕等言語中對崑崙三聖絲毫不敢輕視，料想善者不來，來者不善，寺中便即加緊防範。方丈並傳下法旨，五百里以內的僧俗弟子，一律歸寺聽調。

初時衆僧也道崑崙三聖乃是三人，後來聽潘天耕等說了，方知只是一人，至於容貌年紀，潘天耕等也不甚了然，只知他自負琴劍棋三絕而已。彈琴、弈棋兩道，馳心逸性，大爲禪宗所忌，少林寺僧衆少有人專心於此，只寺中精於劍術的高手卻無不加緊磨練，要和這個號稱「劍聖」的狂徒一較高下。

潘天耕師兄弟自忖此事由自己身上而起，當由自己手裏了結，因此每日騎了駿馬，在山前山後巡視，一心要攔住這個自稱「琴劍棋三聖」的傢伙，打得他未進寺門，先就倒爬著回去，然後再回寺來和衆僧侶較量一下，要令西域少林派壓得中原少林派從此抬不起頭來。那知石亭一戰，何足道只出半力，已令三人鎩羽而遁。三人原以爲崑崙三聖既負盛名，年歲必已不輕，但回寺途中一加琢磨，便即猜到適才相鬥的那青年人，就是自己苦等的「崑崙三聖」。

天鳴禪師一得訊息，心知今日少林寺面臨榮辱盛衰的大關頭，估量自己和無色、無相的武功，未必能強於潘天耕等三人多少，這才不得不請出心禪堂七老來押陣。心禪七老的輩份高於天鳴，至於武功到底深到何等地步，誰也不知，是否能在緊急關頭出手制得住這崑崙三聖，在方丈和無色、無相三人心中，也只胡亂猜測罷了。

方丈天鳴禪師見到何足道和郭襄，合什說道：「這一位想是號稱琴劍棋三聖的何居士了。老僧未能遠迎，還乞恕罪。」何足道躬身行禮，說道：「晚生何足道，『三聖』狂名，何足道哉！滋擾寶刹，甚是不安，驚動衆位高僧出寺相迎，更何以克當？」

天鳴心道：「這狂生說話倒也不狂啊。瞧他不過三十歲左右年紀，怎能一舉而敗潘天耕等三人？」說道：「何居士不用客氣，請進奉茶。這位女居士嘛……」言下頗感爲難。

何足道聽他言中之意顯是要拒郭襄進寺，狂生之態陡然發作，仰天大笑，說道：「老方丈，晚生到寶刹來，本是受人之託，來傳一句言語。這句話一說過，原想拍手便去，但寶刹重男輕女，莫名其妙的清規戒律未免太多，晚生卻頗有點看不過眼。須知佛法無邊，衆生如一，妄分男女，心有滯礙。」

天鳴方丈是有道高僧，禪心明澈，寬博有容，聽了何足道之言，微笑道：「多謝居士指點。我少林寺強分男女，倒顯得小器了。如此請郭姑娘一併光降奉茶。」

郭襄向何足道一笑，心道：「你這張嘴倒會說話，居然片言折服老和尚。」見天鳴方丈向旁一讓，伸手肅客，正要舉步進寺，忽見天鳴左首一個乾枯精瘦的老僧踏上一步，說道：「單憑何居士一言，便欲我少林寺捨棄千年來的規矩，雖無不可，卻也要瞧說話之人是否當眞大有本事，還是只不過枉得虛名。何居士請留上一手，讓衆僧開開眼界，也好令合寺心服，知道本寺行之千年的規矩，是由誰而廢。」這人正是達摩堂首座無相禪師。他說話聲音宏亮，顯見中氣充沛，內力深厚。

潘天耕等三人聽了，臉上都微微變色。無相這幾句話中，顯然含有瞧不起他三人之意，謂何足道雖擊敗三人，卻也未必便眞有過人的本領。

郭襄見無色禪師臉帶憂容，心想這位老和尚爲人很好，又是大哥哥的朋友，倘若何足道和少林僧衆爲了我而爭鬥起來，不論那一方輸了，我都要過意不去，朗聲說道：「何大哥，我又不是非進少林寺不可。你傳了那句話，這便去罷。」指著無色道：「這位無色禪師是我的好朋友，你們兩家不可傷了和氣。」

何足道一怔，道：「啊，原來如此。」轉向天鳴道：「老方丈，貴寺有一位覺遠禪師，是那一位？在下受人之託，有句話要轉告於他。」

天鳴低聲道：「覺遠禪師？」覺遠在寺中位份低下，數十年來隱身藏經閣，沒沒無聞，從來沒人在他法名之下加上「禪師」兩字，是以天鳴一時竟沒想到。他呆了一呆，才道：「啊，看守《楞伽經》失職的那人。何居士找他，可是與《楞伽經》一事有關麼？」何足道搖頭道：「我不知道。」天鳴向一名弟子道：「傳覺遠前來見客。」那弟子領命匆匆而去。

無相禪師又道：「何居士號稱琴劍棋三聖，想這『聖』之一字，豈是常人所敢居？何居士於此三者自有冠絕天人的造詣。日前留書敝寺，說欲顯示武功，今日既已光降，可肯不吝賜教，好讓我輩瞻仰絕技！」

何足道搖頭道：「這位姑娘既已說過，咱兩家便不可傷了和氣。」無相怒氣勃發，心想你留書於先，事到臨頭，卻來推託，千年以來，有誰敢對少林寺如此無禮？何況潘天耕等三人敗在你手下，江湖上傳言出去，說是少林派的三大弟子輸了給你，這「劍聖」兩字，豈不是叫得更加響了？看來一般弟子也不是他對手，非親自出馬不可，踏上兩步，說道：「比武較量，也不是傷了和氣，何居士何必推讓？」回頭向達摩堂的弟子喝道：「取劍！咱們領教領教『劍聖』的劍術，到底『聖』到何等地步？」

寺中諸般兵刃早已備妥，只是列隊迎客之際不便取將出來，以免徒顯小器。那弟子聽到無相吩咐，轉身進寺，取了七八柄長劍，雙手橫托，送到何足道身前，說道：「何居士使用自攜的寶劍？還是借用敝寺的尋常兵刃？」

何足道不答，俯身拾起一塊尖角石子，突然在寺前的青石板上縱一道、橫一道的劃了起來，頃刻之間，劃成了縱橫各一十九道的一張大棋盤。經緯界線筆直，猶如用界尺界成一般，每一道線都深入石板半寸有餘。這石板乃以少室山的青石鋪成，堅硬如鐵，數百年人來人往，亦無多少磨耗，他隨手以一塊尖石揮劃，竟然深陷盈寸，這份內功實是世間罕有，只聽他笑道：「比劍嫌霸道，琴音沒法比拚。大和尚既然高興，咱們便來下一局棋如何？」

他這手劃石爲局的驚人絕技一露，天鳴、無色、無相以及心禪堂七老無不面面相覷，心下駭然。天鳴方丈心知此人這般渾雄的內力寺中無一人能及，他心地光風霽月，正要開口認輸，忽聽得鐵鍊拖地之聲，叮噹而來。

只見覺遠挑著一對大鐵桶走到跟前，後面隨著一個長身少年。覺遠左手扶著鐵扁擔，右手單掌向天鳴行禮，說道：「謹奉方丈呼召。」天鳴道：「這位何居士有話要跟你說。」

覺遠回過身來，見何足道並不相識，說道：「小僧覺遠，居士有何吩咐？」

何足道劃好棋局，棋興勃發，說道：「這句話慢慢再說不遲。那一位大和尚先跟在下對弈一局？」他倒不是有意炫示功夫，只是生平對琴劍棋都愛到發痴，興之所至，連天塌下來都置之度外，既想到弈棋，便只求有人對局，早忘了比試武功之事。

天鳴禪師道：「何居士劃石爲局，如此神功，老衲生平未見，敝寺僧衆甘拜下風。」

覺遠聽了天鳴之言，再看了看青石板上的大棋局，才知此人竟是來寺顯示武功，當下挑著那擔大鐵桶，吸了一口氣，將畢生所練的內力都下沉雙腿，踏住鐵鍊，在棋局的界線上一步步的拖了過去。

只見他足底鐵鍊拖過，石板上便現出一條五寸來寬的印痕，何足道所劃的界線登時抹去。衆僧一見，忍不住大聲喝采。天鳴、無色、無相等更驚喜交集，那想得到這個痴呆呆的老僧竟有這等深厚內功，和他同居一寺數十年，卻沒瞧出半點端倪。天鳴等自知一人內力再強，欲在石板上踏出印痕，也決無可能，只因覺遠挑了一對大鐵桶，桶中裝滿了水，總共何止四百餘斤之重，這幾百斤巨力從他肩頭傳到足底的鐵鍊，向前拖曳，便如一把大鑿子在石板上敲鑿一般，這才能鏟去何足道所劃的界線，覺遠倘若空身而行，那便萬萬不能了。但雖有力可借，畢竟也是罕見的神功。

何足道不待他鏟完縱橫一共三十八道的界線，大聲喝道：「大和尚，你好深厚的內功，在下可不及你！」

覺遠鏟到此時，丹田中眞氣雖愈來愈盛，但兩腿終是血肉之物，早已大感酸痛，聽他這麼一喝，當即止步，微笑吟道：「一枰袖手將置之，何暇爲渠分黑白？」

何足道道：「不錯！這局棋不用下，我已輸了。我領教領教你的劍法。」說著唰的一響，從背負的瑤琴底下抽出一柄長劍，劍尖指向自己胸口，劍柄斜斜向外。這一招起手式怪異之極，竟似迴劍自戕一般，天下劍法之中，從未見有如此不通的一招。

覺遠道：「老僧只知唸經打坐，晒書掃地，武功一道可一竅不通。」

何足道卻那裏肯信？嘿嘿冷笑，縱身近前，長劍斗然彎彎彈出，劍尖直刺覺遠胸口，出招之快實爲任何劍法所不及。原來這一招不是直刺，卻是先聚內力，然後蓄勁彈出。但覺遠的內功已到了隨心所欲、收發自如的境界，何足道此劍雖快，覺遠的心念卻動得更快，意到手到，身意合一，他右手迴收，扁擔上的大鐵桶登時盪了轉來，擋在身前，噹的一聲，劍尖刺上鐵桶。劍身柔韌，彎成了弧形。何足道急收長劍，隨手揮出，覺遠左手的鐵桶橫過，又擋開了。

何足道心想：「你武功再高，這對鐵桶總笨重之極，焉能擋得住我的快攻？倘若你空手對招，我反而有三分忌憚。」伸指在劍身上一彈，劍聲嗡嗡，有若龍吟，叫道：「大和尚，可小心了！」長劍顫處，前後左右，瞬息之間攻出了四四一十六招。

但聽得噹噹噹噹一十六下響過，何足道這一十六手「迅雷劍」竟盡數刺上了鐵桶。旁觀衆人見覺遠手忙腳亂、左支右絀，顯得狼狽之極，果是不會半分武功，但何足道這一十六下神妙無方的劍招，卻全給覺遠用鐵桶以極笨拙、極可笑的姿式擋開了。

無色、無相等都不禁躭心，齊叫：「何居士劍下留情！」郭襄也道：「休下殺手！」衆人都瞧出覺遠不會武功，但何足道身在戰局之中，全力施展，竟奈何不了對方半分，那想得到他其實從未學過武功，所以能擋住劍招，全因他在不知不覺中練成了上乘內功所致。何足道快擊無功，陡然間大喝一聲，寒光閃動，挺劍向覺遠小腹上直刺過去。覺遠叫聲：「啊喲！」百忙中雙手一合，噹的一聲巨響，兩隻鐵桶竟將長劍硬生生的夾住了。何足道使勁迴奪，那裏動得半毫？他應變奇速，右手撤劍，雙掌齊推，一股排山倒海的掌力，直撲覺遠面門。

這時覺遠已分不出手去抵擋，張君寶見情勢十分危急，師徒情深，縱身撲上，使出楊過昔年所教那招「四通八達」，揮掌斜擊何足道肩頭。便在此時，覺遠的勁力已傳到鐵桶之中，兩道水柱從桶中飛出，撲向何足道面門。掌力和水柱一撞，水花四濺，潑得兩人滿身是水，何足道這股掌力就此卸去。

何足道正自全力與覺遠比拚，顧不得再抵擋張君寶這一掌，噗的一下，肩頭中掌。豈知張君寶小小年紀，掌法既奇，內力竟也大爲深厚，何足道立足不定，向左斜退三步。覺遠叫道：「阿彌陀佛，阿彌陀佛，何居士饒了老僧罷！這幾劍直刺得我心驚肉跳。」說著伸袖抹去臉上水珠，忙避在一邊。

何足道怒道：「少林寺臥虎藏龍之地，果真非同小可，連一個小小少年竟也有這等身手。好小子，咱們來比劃比劃，你只須接得我十招，何足道終身不履中土。」

無色、無相等均知張君寶只是藏經閣中一個打雜小廝，從未練過武功，剛才不知如何陰差陽錯的推了他一掌，若當眞動武，別說十招，只怕一招便會喪生於他掌底。無相昂然道：「何居士此言差矣！你號稱崑崙三聖，武學震古鑠今，如何能和這烹茶掃地的小廝動手？若不嫌棄，便由老僧接你十招。」

何足道搖頭道：「這一掌之辱，豈能便此罷休？小子，看招！」說著呼的一拳，便向張君寶胸口擊去。這一拳去勢奇快，他和張君寶站得又近，無色、無相等便欲救援，卻那裏來得及？

衆人剛自暗暗叫苦，卻見張君寶兩足足根不動，足尖左磨，身子隨之右轉，成右引左箭步，輕輕巧巧的便卸開了他這一拳，跟著左掌握拳護腰，右掌切擊而出，正是少林派基本拳法的一招「右穿花手」。這一招氣凝如山，掌勢之出，有若長江大河，委實是名家耆宿的風範，那裏是一個少年人的身手？

何足道肩上受了他一掌，早知道這少年的內力遠在潘天耕等三人之上，但自忖十招之內定能將他擊敗，見這招「右穿花手」雖是少林拳入門功夫，但他發掌轉身之際，勁力雄渾，身形沉穩，無懈可擊，忍不住喝了聲采：「好拳法！」

無相心念一動，向無色微笑道：「恭喜師兄暗中收了個得意弟子！」無色搖頭道：「不是……」但見張君寶「拗步拉弓」、「丹鳳朝陽」、「二郎擔衫」，連續三招，法度之嚴，勁力之強，實不下於少林派的一流高手。

十天之前，郭襄將一對會打少林拳的鐵鑄羅漢送給張君寶。張君寶開動機括，依照鐵羅漢所使拳法，用心學招。少林派中人傳授拳法，師父拳技再精，第一次教招之後，二次三次再教，出拳時上下左右，不可能絕無偏差，弟子照式學招，也不免略有歧異，師父再加糾正，弟子往往無所適從。但這對鐵羅漢製作時法度謹嚴，以機括運轉，每一手拳腳，擊出時上下左右，每次無分毫之差。張君寶十天中照式學招，因招數有限，每一招都練得板眼精準，猶似製模而成，雖少了靈動活潑之氣，但法度確實，實非人力之所能。本來這樣的拳法不免失諸呆滯，非第一流的上乘功夫，但他得覺遠傳授了「九陽神功」，內勁沉厚，再加上準確無比的拳招，即令天鳴、無色、無相、心禪七老這等好手，也不禁暗暗驚嘆：「他拳法如此法度嚴謹，也還罷了，這等內勁……」

這時何足道已出了第六招，心想：「我連這黃口少年尚且對付不了，竟敢到少林寺來留簡挑戰，豈不教天下英雄笑掉了牙齒？」突然滴溜溜的轉身，一招「天山雪飄」，掌影飛舞，霎時之間將張君寶四面八方都裹住了。

張君寶除了在華山絕頂受過楊過指點四招之外，從未有武師和他講解武功，陡然間見到這般奇幻百端、變化莫測的上乘掌法，那裏還能拆解？危急之中，身腰左轉成寒雞勢，雙掌舉過額角，左手虎口與右手虎口遙遙相對，卻是少林拳中的一招「雙圈手」。這一招凝重如山，敵招不解而自解。不論何足道從那一個方位進襲，全在他「雙圈手」

籠罩之下。

猛聽得達摩堂、羅漢堂衆弟子轟雷也似的喝一聲采，盡對張君寶這一招衷心欽服，讚他竟以少林拳中最平淡無奇的拳招，化解了最繁複奧妙的敵招。

喝采聲中，何足道一聲清嘯，呼的一拳，向張君寶當胸猛擊過去。這一拳竟也是自巧轉拙，卻勁力非凡。張君寶應以一招「偏花七星」，雙切掌推出。拳掌相交，只聽得砰的一聲，何足道身子一晃，張君寶向後退了三步。何足道「哼」的一聲，拳法不變，卻搶上了兩步，發拳猛擊狠打。張君寶仍應以一招「偏花七星」，雙切掌向前平推。砰的一聲大響，張君寶這次退出五步。何足道身子向前一撞，臉上變色，喝道：「只賸下一招了，你全力接著。」踏上三步，坐穩馬步，一拳緩緩擊出。這時少林寺前數百人聲息全無，人人皆知這一拳是何足道一生英名之所繫，自是竭盡了全力。

張君寶第三次再使「偏花七星」，這番拳掌相交，竟無聲無息，兩人微一凝持，各催動內力相抗。說到武功家數，何足道比之張君寶何止勝過百倍？但一經比拚內力，張君寶曾自《九陽眞經》學得心法，內力綿綿密密，渾厚充溢。頃刻之間，何足道便知並無勝他把握，當即縱身躍起，讓張君寶的掌力盡皆落空，反掌在他背上輕輕一推。張君寶仆跌在地，一時站不起身。

何足道右手揚揮，苦笑道：「何足道啊何足道，當眞狂得可以！」向天鳴禪師一揖到地，說道：「少林寺武功揚名千載，果然非同小可，今日令狂生大開眼界，方知盛名之下，實無虛士。佩服，佩服！」說著轉過身來，足尖一點，已飄身在數丈之外。

他停了腳步，回頭對覺遠道：「覺遠大師，那人叫我轉告一句話，說道：『經書是在油中。』」話聲甫歇，他足尖連點數下，遠遠的去了，身法之快，實所罕見。

張君寶慢慢爬起，額頭臉上盡是泥塵。他雖給何足道打倒，但衆高手皆知何足道只是取巧，飄然遠去，話中之意已說明不敵少林寺神功。

心禪七老中一個精瘦骨立的老僧突然說道：「這個弟子的武功是誰所授？」他說話聲音甚爲尖銳，有若寒夜梟鳴，各人聽在耳裏，都不自禁的打個寒噤。天鳴、無色、無相等心中均早存此疑問，一齊望著覺遠和張君寶。覺遠師徒卻呆呆站著，一時說不出話來。天鳴道：「覺遠內功雖精，未學拳法。這少年的少林拳，卻是何人所授？」

達摩堂和羅漢堂衆弟子均想，萬料不到今日本寺遭逢危難，竟是由這個小廝出頭趕走強敵，老方丈定有大大賞賜，而授他內功拳法的師父，也自必盛蒙榮寵。

那老僧見張君寶呆立不動，斗然間雙眉豎起，滿臉殺氣，厲聲道：「我在問你，你的羅漢拳是誰教的？」張君寶從懷中取出郭襄所贈的那對鐵羅漢，說道：「弟子照著這兩個鐵羅漢所使的招數，自己學上幾手，實在是無人傳授弟子武功。」

那老僧踏上一步，聲音放低，說道：「你再明明白白的說一遍：你的羅漢拳並非本寺那一位師父所授，是自己學的。」他語音雖低，話中威嚇之意卻又大增。

張君寶心中坦然，自忖並未做過甚麼壞事，雖見那老僧神態咄咄逼人，卻也不懼，朗聲道：「弟子只在藏經閣中掃地烹茶，服侍覺遠師父，本寺並沒那一位師父教過弟子武功。這羅漢拳是弟子自己跟著這對鐵羅漢學的。鐵羅漢使的是本門功夫，弟子學了，想來也沒犯了門規。定是弟子使得不對，請老師父指點。」說著雙手捧著鐵羅漢，呈給那老僧。

那老僧目光中如欲噴出火來，狠狠盯著張君寶，良久良久，一動也不動。覺遠知道這位心禪堂的老僧輩份甚高，乃方丈天鳴禪師的師叔，見他對張君寶如此聲色俱厲，大爲不解，但見他眼色之中充滿了怨毒，腦海中忽地一閃，疾似電光石火般，想起了不知那一年在藏經閣中偶然看到過一本小書。

那是薄薄的一册手抄本，書中記載著本寺的一樁門戶大事：

距此七十餘年之前，少林寺的方丈是苦乘禪師，乃天鳴禪師的師祖。這一年中秋，寺中例行一年一度的達摩堂大校，由方丈及達摩堂、羅漢堂兩位首座考較合寺弟子武功，查察在過去一年中有何進境。衆弟子獻技已罷，達摩堂首座苦智禪師升座品評。

突然間一個帶髮頭陀越衆而出，大聲說道，苦智禪師的話狗屁不通，根本不知武功爲何物，竟妄居達摩堂首席之位，甚是可恥。衆僧大驚之下，看這人時，卻是香積廚中灶下燒火的一個火工頭陀。達摩堂諸弟子不等師父開言，早已齊聲呵叱。

那火工頭陀喝道：「師父狗屁不通，弟子們更加不通狗屁。」說著踴身往堂中一站。衆弟子一一上前跟他動手，都給他三拳兩腳便擊敗了。本來達摩堂中過招，同門較藝，自是點到即止，人人手下留情。這火工頭陀卻出手極爲狠辣，他連敗達摩堂九大弟子，九名僧人不是斷臂便是折腿，無不身受重傷。

首座苦智禪師又驚又怒，見這火工頭陀所學全是少林派本門拳招，並非別家門派的高手混進寺來搗亂，強忍怒氣，問他的武功是何人所傳。

那火工頭陀說道：「沒人傳過我武功，是我自己學的。」

原來這頭陀在灶下燒火，監管香積廚的僧人性子暴躁，動不動提拳便打，他身有武功，出手自重。那火工頭陀三年間給打得接連吐血三次，積怨之下，暗中便去偷學武功。少林寺弟子人人會武，要偷學拳招，機會良多。他既苦心孤詣，又有過人之智，二十餘年間竟練成了極上乘的武功。但他深藏不露，仍不聲不響的在灶下燒火，那監廚僧人拔拳毆辱，他也總不還手，只內功已精，再也不會受傷了。這火工頭陀生性陰鷙，直到自忖武功已勝過合寺僧衆，這才在中秋大校之日出來顯露身手。數十年來的鬱積，使他恨上了合寺僧侶，一出手竟毫不容情。

苦智禪師問明原委，冷笑三聲，說道：「你這份苦心，委實可敬！」離座而起，伸手和他較量。苦智禪師是少林寺高手，但一來年事已高，那火工頭陀正當壯年，二來苦智手下容情，適可而止，火工頭陀使的卻是招招殺手，因此竟鬥到五百合外，苦智方穩操勝券。兩人拆到一招「大纏絲」時，四條手臂扭在一起，苦智雙手卻俱已按上對方胸口死穴，內力一發，火工頭陀立時斃命，已無拆解餘地。苦智愛惜他潛心自習，居然有此造詣，不忍就此傷了他性命，雙掌一分，喝道：「退開罷！」

豈知那火工頭陀會錯了意，只道對方使的是「神掌八打」中的一招。這「神掌八打」是少林武功中絕學之一，他曾見達摩堂的大弟子使過，雙掌劈出，震斷一條木樁，勁力非同小可。火工頭陀武功雖強，畢竟全是偷學，未得明師指點，少林武功博大精深，他只暗中窺看，時日雖久，又豈能學全了？苦智這一招其實是「分解掌」，借力卸力，雙方一齊退開，乃停手罷鬥之意。火工頭陀卻錯看成「神掌八打」中的第六掌「裂心掌」，心想：「你要取我性命，卻沒如此容易。」飛身撲上，雙拳齊擊。

這雙拳之力如排山倒海般湧了過來，苦智禪師一驚之下，急忙回掌相抵，其勢卻已不及，但聽得喀喇喇數聲，左臂臂骨和胸前四根肋骨登時斷裂。

旁觀眾僧驚惶變色，一齊搶上救護，苦智氣若游絲，已一句話也說不出來，原來內臟已給震得重傷。再看火工頭陀時，早已在混亂中逃得不知去向。當晚苦智便即傷重逝世。合寺悲戚之際，那火工頭陀又偷進寺來，將監管香積廚和平素跟他有隙的五名僧人一一使重手打死。合寺大震之下，派出數十名高手四下追索，但尋遍了江南江北，絲毫不得蹤跡。

寺中高輩僧侶更為此事大起爭執，互責互咎。羅漢堂首座苦慧禪師一怒而遠走西域，開創了西域少林一派。潘天耕、方天勞、衛天望等三人，便是苦慧禪師的再傳弟子。

經此一役，少林寺的武學竟爾中衰數十年。自此定下寺規，凡不得師授而自行偷學武功，發現後重則處死，輕則挑斷全身經脈，使之成為廢人。數十年來，因寺中防範嚴密，再也沒人偷學武功，這條寺規眾僧也漸漸淡忘了。

這心禪堂的老僧正是當年苦智座下的小弟子，恩師慘死的情景，數十年來深印心頭，此時見張君寶又是不得師傳而偷學武功，觸動前事，自是悲憤交集。

覺遠在藏經閣中管書，無書不讀，猛地裏記起這樁舊事，霎時間滿背全是冷汗，叫道：「方丈，這……這須怪不得君寶……」

無色禪師也知道這樁故實，忙上前合什行禮，說道：「師叔祖容稟：這對鐵羅漢，是本寺一位前輩高僧所製，鐵羅漢打出的少林拳，也即是本寺前輩高僧所傳。張君寶所學少林拳法，其實並非自學，乃這位前輩高僧所授，只不過並非親授而已。」

那心禪堂老僧厲聲問道：「然則傳他少林拳的這位前輩高僧是誰？」無色道：「弟子不知。但這對鐵羅漢確係自弟子手中傳出。」那老僧厲聲又問：「當眞是你親手傳給他的？」無色道：「那倒不是。不過弟子並未跟他說明，不得照學鐵羅漢的功夫。」那老僧道：「無論如何，張君寶總之是無師自學少林武功。」

無色向天鳴方丈走近幾步，躬身說道：「弟子先前將本寺的一對舊傳鐵羅漢送給了郭靖郭大俠的二小姐，郭二小姐轉贈於本寺小弟子張君寶。本寺嚴規，不可無師而自學本派武功。張君寶從鐵羅漢學得了十來招羅漢拳，事先確然不得教導，不知此項規矩。一切罪愆皆由弟子而生，弟子甘願領受重責，請方丈大師降罰。張君寶這小子，請方丈恕了他不知之罪。」

天鳴方丈沉吟半晌，道：「此事確是責在無色，但你也不是明知故犯，待會到達摩堂商議如何處分。張君寶不告而自學武功，與其本師覺遠俱有過誤，亦當處分，齊去達摩堂議處。」

達摩堂首座無相禪師喝道：「方丈大師法旨，命無色、覺遠、張君寶三人赴達摩堂議處。」無色應道：「是！」無相又喝：「達摩堂衆弟子一齊上前，把覺遠與張君寶拿下了。」達摩堂十八弟子登時搶出，將覺遠和張君寶四面八方團團圍住。十八弟子佔的方位甚大，連郭襄也圍在中間。

那心禪堂的老僧厲聲高喝：「羅漢堂衆弟子，何以不併力上前？」羅漢堂一百零八名弟子暴雷也似的應了聲：「是！」又在達摩堂十八弟子之外圍了三個圈子。

張君寶手足無措，顫聲道：「師父，我……我……」覺遠十年來和這徒兒相依爲命，情若父子，生怕張君寶一遭擒住，就算僥倖不死，也必成了廢人。但聽得無相禪師喝道：「還不動手，更待何時？」達摩堂十八弟子齊宣佛號，踏步而上。覺遠不暇思索，驀地裏轉了個圈子，兩隻大鐵桶舞了開來，一股勁風逼得衆僧不能上前，跟著揮桶一抖，鐵桶中清水都潑了出來，側過雙桶，左邊鐵桶兜起郭襄，右邊鐵桶兜起張君寶。他連轉七八個圈子，那對大鐵桶給他渾厚無比的內力使將開來，猶如流星鎚一般，這股千斤之力，天下誰能擋得？達摩堂衆弟子紛紛閃避。

覺遠健步如飛，挑著張君寶和郭襄踏步下山而去。衆僧人吶喊追趕，只聽得鐵鍊拖地之聲漸去漸遠，追出七八里後，鐵鍊聲半點也聽不到了。

少林寺的寺規極嚴，達摩堂首座既下令擒拿張君寶，衆僧人雖見追趕不上，還是鼓勇疾追。時候一長，各僧腳力便分出了高下，輕功稍遜的漸漸落後。追到天黑，領頭的只賸下五名大弟子，眼前又出現了幾條岔路，也不知覺遠逃到了何方，此時便是追及，單只五僧，也決非覺遠和張君寶之敵，只得垂頭喪氣的回寺覆命。

覺遠一擔挑了兩人，直奔出數十里外，方才止步，見所到處是一座深山之中。暮靄四合，歸鴉陣陣，覺遠內力雖強，這一陣捨命急馳，卻也筋疲力竭，再也無力將鐵桶卸下肩來。張君寶與郭襄從桶中躍出，各人托起一隻鐵桶，從他肩頭卸下。張君寶道：「師父，你歇一歇，我去尋些吃的。」但在這荒野山地，那裏有甚吃的，張君寶去了半日，只採得一大把草莓來。三人胡亂吃了，倚石休息。

郭襄道：「大和尚，我瞧少林寺那些和尚，除了你和無色禪師，都有點兒古裏古怪。」覺遠「嗯」了一聲，並不答話。郭襄道：「那個崑崙三聖何足道來到少林寺，寺中無人能敵，全仗你師徒二人將他打退，才保全了少林寺令譽。他們不來謝你，反而惡狠狠的要捉拿張兄弟，這般不分是非黑白，當眞好沒來由。」

覺遠嘆了口氣，道：「這事須也怪不得老方丈和無相師兄，少林寺這條寺規……」說到這裏，一口氣提不上來，咳嗽不止。郭襄輕輕替他搥背，說道：「你累啦，且睡一忽兒，明兒慢慢再說不遲。」覺遠嘆了口氣，道：「不錯，我也眞的累啦。」

張君寶拾些枯柴，生了個火，烤乾郭襄和自己身上的衣服。三人便在大樹之下睡了。

郭襄睡到半夜，忽聽得覺遠喃喃自語，似在唸經，當即從朦朧中醒來，只聽他唸道：「……彼之力方礙我之皮毛，我之意已入彼骨裏。兩手支撐，一氣貫穿。左重則左虛，而右已去，右重則右虛，而左已去……」郭襄心中一凜：「他唸的並不是甚麼『空即是色、色即是空』的佛經啊。甚麼左重左虛、右重右虛，倒似是武學拳經。」

只聽他頓了一頓，又唸道：「……氣如車輪，週身俱要相隨，有不相隨處，身便散亂，其病於腰腿求之……」郭襄聽到「其病於腰腿求之」這句話，心下更無疑惑，知他唸的正是武學要旨，暗想：「這位大和尚全不會武功，只讀書成痴，凡書中所載，無不視爲天經地義。昔年在華山絕頂初次和他相逢，曾聽他言道，在古時傳下來的梵文《楞伽經》行縫之間，又有人以華文寫了一部《九陽眞經》，他只道這是強身健體之術，便依照經中所示修習。他師徒倆不經旁人傳授，不知不覺間竟達到了天下一流高手的境界。那日瀟湘子打他一掌，他挺受一招，反使瀟湘子身受重傷，如此神功，便爹爹和大哥哥也未必能夠。今日他師徒倆令何足道悄然敗退，自又是這部《九陽眞經》之功。他口中喃喃唸誦的，莫非便是此經？」

她想到此處，生怕岔亂了覺遠的神思，悄悄坐起，傾聽經文，暗自記憶，自忖：「倘若他唸的眞是《九陽眞經》，奧妙精微，自非片刻之間能解。我且記著，明兒再請他指教不遲。」只聽他唸道：「……先以心使身，從人不從己，後身能從心，由己仍從人。由己則滯，從人則活。能從人，手上便有分寸，秤彼勁之大小，分厘不錯；權彼來之長短，毫髮無差。前進後退，處處恰合，工彌久而技彌精……」

郭襄聽到這裏，不自禁的搖頭，心中說道：「不對不對。爹爹和媽媽常說，臨敵之際，須當制人而不可受制於人。這大和尚可說錯了。」只聽覺遠又唸道：「彼不動，己不動；彼微動，己已動。勁似寬而非鬆，將展未展，勁斷意不斷……」

郭襄越聽越感迷惘，她自幼學的武功全是講究先發制人、後發制於人，處處搶快，著著爭先。覺遠這時所唸的拳經功訣，卻說甚麼「由己則滯，從人則活」，實與她平素所學大相逕庭，心想：「臨敵動手之時，雙方性命相搏，倘若我竟捨己從人，敵人要我東便東、要我西便西，那不是聽由挨打麼？」

又聽覺遠唸道：「陰到極盛，便漸轉衰，少陽暗生，陰漸衰而陽漸盛，陰陽互補，互生互濟，少陽生於老陰，少陰生於老陽。凡事不可極，極則變易，由重轉輕，由輕轉重……」郭襄忽有所悟：「我一拳擊出，到後來拳力已盡，再要加一分一厘也決不可得。照覺遠大師所說，倒似拳力已盡之後，忽然又能生了出來，而且越生越強，這倒奇了。他內功如此了得，難道竟是從這道理中生出來的？」

便這麼一遲疑，覺遠說的話便溜了過去，竟然聽而不聞。月光之下，忽見張君寶盤膝而坐，也在凝神傾聽，郭襄心道：「不管他說的對與不對，我只管記著便是了。這大和尚震傷瀟湘子、氣走何足道，乃我親眼目睹。他所說的武功法門，必定大有道理。」便又用心暗記。

原來《楞伽經》初時在天竺流傳，其時天竺未知造紙之術，以尖針將經文刺於貝葉之上。達摩祖師於梁武帝時將貝葉經自天竺攜來中土，傳入少林寺，貝葉易碎，藏讀不便，少林僧人便鈔錄於白紙之上，裝釘成册。鈔錄梵文時行間甚寬，不知何時竟有一位高僧，在行間空隙另行寫了一部華文的《九陽眞經》，講的是修習內功的高深武學。千餘年來，少林僧人所讀的《楞伽經》均爲華文譯本，無人去誦讀梵文原本。這部《九陽眞經》在藏經閣中雖藏得年深月久，卻從來沒人去翻閱過一句一頁。覺遠爲人迂闊，無書不讀，無經不閱，見到之後便誦讀不疑，不知不覺間竟習得了高深內功。撰寫《九陽眞經》的這位高僧在皈依佛法之前乃是道士，精通道藏，所撰武經剛柔並重，陰陽互濟，隨機而施，後發制人，與少林派傳統武學的著重陽剛頗不相同，與純粹道家的《九陰眞經》之著重陰柔亦復有異。這位高僧當年悟到此武學深理，不敢在少林寺中與人研討參悟，只隨手寫入鈔本之中。覺遠之習得此功，一來是他性格使然，二來也只能歸於偶然的運道。

覺遠於大耗眞力之後再於中夜背誦，不免精神不濟，頗有些顚三倒四、纏夾混雜，幸好郭襄生來聰穎，用心記憶，卻也能記得了二三成。

冰輪西斜，人影漸長，覺遠唸經的聲音漸漸低沉，口齒也有些模糊不清。郭襄勸道：「大和尙，你累了一整天，再睡一忽兒。」

覺遠卻似沒聽到她的話，繼續唸道：「……力從人借，氣由脊發。胡能氣由脊發？氣向下沉，由兩肩收入脊骨，注於腰間，此氣之由上而下也，謂之合。由腰展於脊骨，布於兩膊，施於手指，此氣之由下而上也，謂之開。合便是收，開便是放。能懂得開合，便知陰陽……」他越唸聲音越低，終於寂然無聲，似已沉沉睡去。

郭襄和張君寶不敢驚動，只默記他唸過的經文。

斗轉星移，月落西山，驀地裏烏雲四合，漆黑一片。又過一頓飯時分，東方漸明，只見覺遠閉目垂眉，靜坐不動，臉上微露笑容。

張君寶一回頭，突見大樹後人影一閃，依稀見到黃色袈裟的一角。他吃了一驚，喝道：「是誰？」只見一個身材瘦長的老僧從樹後轉了出來，正是羅漢堂首座無色禪師。

郭襄又驚又喜，說道：「大和尚，你怎地苦苦不捨，還是追了來？難道非擒他們師徒歸寺不可麼？」無色道：「善哉，善哉！老僧尚分是非，豈是拘泥陳年舊規之人？老僧到此已有半夜，若要動手，也不等到此時了。覺遠師弟、君寶，無相師弟率領達摩堂弟子正向東追尋，你們快快往西去罷。我還要去達摩堂領責呢！」卻見覺遠垂首閉目，兀自不醒。

張君寶上前說道：「師父醒來，羅漢堂首座跟你說話。」覺遠仍然不動。張君寶驚慌起來，伸手摸他額頭，觸手冰冷，原來早圓寂多時了。張君寶大悲，伏地叫道：「師父，師父！」卻那裏叫他得醒？

無色禪師合什行禮，說偈道：「諸方無雲翳，四面皆清明，微風吹香氣，眾山靜無聲。今日大歡喜，捨卻危脆身。無嗔亦無憂，寧不當欣慶？」說罷，飄然而去。

張君寶大哭一場，郭襄也流了不少眼淚。少林寺僧衆圓寂，盡皆火化，當下兩人撿些枯柴，將覺遠的法身焚化了。

郭襄道：「張兄弟，少林寺僧衆尚自放你不過，你諸多小心在意。咱們便此別過，後會有期。」張君寶垂淚道：「郭姑娘，你到那裏去？我又到那裏去？」

郭襄聽他問自己到那裏去，心中一酸，說道：「我天涯海角，行蹤無定，自己也不知道到那裏去。張兄弟，你年紀小，又全無江湖上的閱歷。少林寺的僧衆正在四處追捕於你，這樣罷。」從腕上褪下一隻金絲鐲兒，遞了給他，道：「你拿這鐲兒到襄陽去見我爹爹媽媽，他們必能善待於你。只要在我爹媽跟前，少林寺的僧衆再狠，也不能來難爲你。」

張君寶含淚接了鐲兒。郭襄又道：「你跟我爹爹媽媽說，我身子很好，請他們不用記掛。我爹爹最喜歡少年英雄，見你這等人才，說不定會收了你做徒兒。我弟弟忠厚老實，一定跟你很說得來。只是我姊姊脾氣大些，一個不對，說話便不給人留臉面，但你只須順著她些兒，也就是了。」說了她爹娘的情形，又說明到襄陽後如何去見她父母，便轉身而去。

張君寶但覺天地茫茫，竟無安身之處，在師父的火葬堆前呆立了半日，這才舉步。

走出十餘丈，忽又回身，挑起師父所留的那對大鐵桶，搖搖晃晃的緩步而行。荒山野嶺之間，一個瘦骨稜稜的少年黯然南下，悽悽惶惶，說不盡的孤單寂寞。

行了半月，已到湖北境內，離襄陽已不在遠。少林寺僧卻始終沒追上他。原來無色禪師暗中眷顧，故意將僧眾引向北方，反其道而行，和他越離越遠。

這日午後，來到一座大山之前，但見鬱鬱蒼蒼，林木茂密，山勢甚是雄偉。一問過路的鄉人，得知此山名叫武當山。

他在山腳下倚石休息，忽見一男一女兩個鄉民從身旁山道上經過，兩人並肩而行，神態親密，顯是一對少年夫妻。那婦人嘮嘮叨叨，不住的責備丈夫。那男子卻低下了頭，只不作聲。但聽那婦人說道：「你一個男子漢大丈夫，不能自立門戶，卻去依傍姊姊和姊夫，沒來由的自討羞辱。咱倆又不是少了手腳，自己幹活兒自己吃飯，青菜蘿蔔，粗茶淡飯，何等逍遙自在？偏是你全身沒根硬骨頭，當眞枉爲生於世間了。」那男子「嗯、嗯」數聲。那婦人又道：「常言道得好：除死無大事。難道非依靠別人不可？」那男子給妻子這一頓數說，不敢回一句嘴，一張臉脹得豬肝也似的成了紫醬之色。

那婦人這番話，句句都打進了張君寶心裏：「你一個男子漢大丈夫，不能自立門戶……沒來由的自討羞辱……常言道得好，除死無大事，難道非依靠別人不可？」他望著這對鄉下夫妻的背影，呆呆出神，心中翻來覆去，儘是想著那農婦這幾句當頭棒喝般的言語。只見那漢子挺了挺腰板，不知說了幾句甚麼話，夫妻倆大聲笑了起來，似乎那男子已決意自立，因此夫妻倆同感歡悅。

張君寶又想：「郭姑娘說道，她姊姊脾氣不好，說話不留情面，要我順著她些兒。我好好一個男子漢，又何必向人低聲下氣，委曲求全？這對鄉下夫婦尚能發奮圖強，我張君寶何必寄人籬下，瞧人眼色？」

言念及此，心意已決，當下挑了鐵桶，便上武當山去，找了一個巖穴，渴飲山泉，飢餐野果，孜孜不歇的修習覺遠所授的《九陽眞經》。

他得覺遠傳授甚久，於這部《九陽眞經》已記了十之五六，十餘年間竟內力大進，其後多讀道藏，於道家鍊氣之術更深有心得。某一日在山間閒遊，仰望浮雲，俯視流水，忽然想到老子所謂「柔弱勝剛強」、「物極必反」、「正復爲奇，善復爲妖」、「曲則全，枉則直，窪則盈，敝則新，少則得，多則惑」，又想老子所云：「以天下之至柔，馳騁天下之至堅」、「天下柔弱莫過於水，而攻堅強者莫之能勝」、「物或損之而益，或益之而損」、「正言若反」、「玄德深矣遠矣，與物反矣，然後乃至大順」，由此而悟出一套以柔克剛的拳理，正是老子所說：「下士聞道大笑之，不笑不足以爲道。」亦即《道德經》中所謂「將欲翕之，必固張之；將欲弱之，必固強之；將欲廢之，必固興之；將欲奪之，必固與之；是謂微明。柔勝剛，弱勝強。」他在洞中苦思七日七夜，猛地裏豁然貫通，領會了武學中陰陽互濟的至理，忍不住仰天長笑。

這一番大笑，竟笑出了一位承先啓後、繼往開來的大宗師。他以自悟的拳理、道家沖虛圓通之道和《九陽眞經》中所載相生相剋的內功相發明，創出了輝映後世、照耀千古的武當一派武功。只因專心於道家之學，便在武當山眞武觀中做了道士。

後來北遊寶鳴，見到三峯挺秀，卓立雲海，於武學又有所悟，乃自號三丰，那便是中國武學史上不世出的奇人張三丰。

眼前光亮耀眼，一股熱氣撲面而來，只見廳心一隻用巖石砌成的大爐子，火焰升騰，爐旁分站三人，分拉三隻大風箱向爐中煽火。爐中橫架著一柄三尺來長、烏沉沉的大刀。

三　寶刀百鍊生玄光

花開花落，花落花開。少年子弟江湖老，紅顏少女的鬢邊終於也見到了白髮。

這一年是元順帝至元二年，宋朝之亡至此已五十餘年。

其時正當暮春三月。江南海隅，一個三十來歲的藍衫壯士，腳穿草鞋，邁開大步，正自沿著大道趕路，這壯士雙眉斜飛，兩眼炯炯有神，鼻樑高聳，顯得十分精幹英挺。他眼見天色向晚，一路上雖桃紅柳綠，春色正濃，他卻也無心賞玩，心中默默計算：「今日三月廿四，到四月初九還有一十四天，須得道上絲毫沒躭擱，方能及時趕到武當山，祝賀恩師他老人家九十歲大壽。」

這壯士姓俞名岱巖，乃武當派祖師張三丰的第三名弟子。這年年初奉師命前赴福建誅殺一個戕害良民、無惡不作的劇盜。那劇盜聽到風聲，立時潛藏隱匿，俞岱巖費了兩個多月時光，才找到他的祕密巢穴，上門挑戰，使出師傳「玄虛刀法」，在第十一招上將他殺了。本來預計十日可完的事，卻耗了兩個多月，屈指算來，距師父九十大壽的日子已頗為逼促，因此上急急自福建趕回，這日已到浙東錢塘江之南。

他邁著大步急行一陣，路徑漸窄，靠右近海一面，常見一片片平地光滑如鏡，往往七八丈見方，便水磨的桌面也無此平整滑溜。俞岱巖走遍大江南北，見聞實不在少，但從未見過如此奇異的情狀，一問土人，不由得啞然失笑，原來那便是鹽田。當地鹽民引海水灌入鹽田，晒乾以後，刮下含鹽泥土，化成鹵水，再逐步晒成鹽粒。俞岱巖心道：「我吃了三十年鹽，卻不知一鹽之成，如此辛苦。」

正行之間，忽見西首小路上一行二十餘人挑了擔子，急步而來。俞岱巖一瞥之間，便留上了神，但見這二十餘人一色的青布短衫褲，頭戴斗笠，擔子中裝的顯然都是海鹽。他知官府收鹽稅極重，尋常百姓雖居濱海，也吃不起官鹽，只有向私鹽販子購買私鹽。這批人行動剽悍，身形壯實，看來似是一幫鹽梟，奇在每人肩頭挑的扁擔非竹非木，黑黝黝的全無彈性，便似一條條鐵扁擔。各人雖都挑著二百來斤的重物，但行路迅速。俞岱巖心想：「這幫鹽梟個個武功不弱。聽說江南海沙派販賣私鹽，聲勢極大，派中不乏武學名家，但二十餘個好手聚在一起挑鹽販賣，決無是理。」若在平時，便要去探視究竟，這時念著師父大壽，不能因多管閒事而再有耽擱，便放開腳步趕路。

傍晚時分來到餘姚縣庵東鎮。由此過錢塘江，便到鹽官、臨安，再折向西北行，經江西、湖南才到湖北武當。晚間無船渡江，只得在庵東鎮上找家小客店宿了。

用過晚飯，洗了腳剛要上床，忽聽得店堂中一陣喧嘩，一羣人過來投宿。聽那些人說的是浙東鄉音，但中氣充沛，顯然都是會家子，探頭向門外瞧去，便是途中所遇那羣鹽梟。俞岱巖也不在意，盤膝坐在床上，練了三遍行功，便即著枕入睡。

睡到中夜，忽聽得鄰房中喀喀輕響，俞岱巖立時便醒了。只聽得一人低聲道：「大家悄悄走罷，莫驚動了鄰房那客人，多生事端。」餘人輕輕推開房門，進了院子。俞岱巖從窗縫中向外張望，見那羣鹽梟挑著擔子出門，暗想：「這羣私梟鬼鬼祟祟，若只是販賣私鹽，那不關我事，倘若去幹甚麼歹事，既教我撞見了，可不能不管。如能阻止他們傷天害理，救得一兩個好人，便誤了恩師的千秋壽誕，他老人家也必歡喜。」將藏著兵刃暗器的布囊往背上一縛，穿窗而出，躍出牆外。

耳聽得腳步聲往東北方而去，他展開輕身功夫，悄悄追去。當晚烏雲滿天，星月無光，沉沉黑夜中，隱約見那二十餘名鹽梟挑著擔子，在田塍上奔行，心想：「私梟黑夜趕路，事屬尋常。但這干人身手不凡，若要作些非法勾當，別說偷盜富室，就是搶劫官庫，官兵又怎阻擋得住？何必偷偷摸摸販賣私鹽，賺此微利？其中必有別情。」

不到半個時辰，那幫私梟已奔出二十餘里，俞岱巖輕功了得，腳下無聲無息，那幫私梟又似有要事在身，貪趕路程，竟不回顧，因此並沒發覺。這時已行到海旁，波濤衝擊巖石，轟轟聲不絕。

正行間，領頭那人一聲低哨，衆人都站定了腳步。領頭那人低聲喝問：「是誰？」黑暗中一個嘶啞的聲音說道：「三點水的朋友麼？」領頭那人道：「不錯。閣下是誰？」俞岱巖心下嘀咕：「三點水的朋友，那是甚麼？」一轉念，登時省悟：「嗯，果然是海沙派，『海沙派』三字都是三點水。」那嘶啞的聲音道：「屠龍刀的事，我勸你們別插手啦。」領頭那人道：「尊駕也是爲屠龍刀而來？」語音中頗有驚怒之意。那嗓子嘶啞的人「嘿嘿嘿」幾聲冷笑，卻不答話。

俞岱巖隱身於海旁巖石之後，向前繞近，見一個身材高瘦的男子攔在路中。黑暗中瞧不清他面貌，只見他穿一襲白袍，夜行人而身穿白衣，顯然於自己武功頗爲自負。

只聽海沙派的領頭人道：「屠龍刀已歸本派，既給宵小盜去，自當索回。」白袍客又「嘿嘿嘿」三聲冷笑，仍大模大樣的攔在路中。那領頭人身後一人厲聲喝道：「快讓開，惡狗攔路，你不是自己找死……」只見那白袍客飛身而前，伸手抓出，海沙派那人話聲未畢，突然「啊」的一聲慘叫，往後便倒。衆人大驚，但見黑暗中白袍晃動，攔路惡客已然不見。

海沙派衆私梟瞧那跌倒的同伴時，見他蜷成一團，早已氣絕。各人又驚又怒，有幾人放下擔子向白袍客去路急追，但那人奔行如飛，黑暗之中那裏還尋得到他的蹤影？

俞岱巖心道：「這白袍客出手好快，這一抓似乎是少林派的『大力金剛抓』，黑暗中瞧不大清楚。聽這人的口音腔調，乃來自西北塞外。江南海沙派結下的仇家可遠得很哪！」他縮身巖石之後，毫不動彈，生怕給海沙派幫眾發現了，沒來由的招惹仇怨。只聽那領頭人道：「將老四的屍首放在一旁，回頭再來收拾。對頭的來歷，將來總查究得出。」眾人答應了，挑上擔子，繼續快步趕路。

俞岱巖待他們去遠，走近屍身察看，見那人喉頭穿了兩個小孔，鮮血兀自不住流出，傷口顯是以手指抓出。他覺此事大是蹊蹺，加快腳步，再跟蹤那幫鹽梟。

一行人又奔出數里，那領頭人一聲唿哨，二十餘人四下散開，向東北方一座大屋慢慢逼近。俞岱巖心想：「他們所說的甚麼屠龍刀，莫非便在這屋中？」見大屋的煙囪中一柱濃煙衝天而起，凝聚不散。眾鹽梟放下了擔子，各人拿起一隻木杓，在籮筐中抄起甚麼東西，四下撒播。俞岱巖見所撒之物如粉如雪，顯然便是海鹽，心道：「在地下撒鹽幹甚麼？當眞古怪，日後說給師兄弟們知道，他們多半難信。」

但見他們撒鹽時出手既輕且慢，似乎生怕將鹽粒濺到身上，俞岱巖登時恍然，知道鹽中含毒，這批人以毒鹽圍屋，當是對屋中人陰謀毒害。暗想：「我固不知雙方誰是誰非，但這批人如此搗鬼，太不光明。」見海沙派眾鹽梟尚在屋前撒鹽，於是兜個大圈子繞到屋後，輕輕跳進圍牆。

大屋前後五進，共有三四十間，屋內黑沉沉的沒一處燈火。俞岱巖心想：「濃煙從中間一進屋中冒出，該處想必有人。」抬頭認明濃煙噴出之處，快步走去，只聽得廳中傳出猛火燒柴的畢剝之聲。他轉過一道照壁，跨步走向正廳，突然光亮耀眼，一股熱氣撲面而來，便即停步，見廳心一隻巖石砌成的大爐子，火燄升騰，爐旁分站三人，分拉三隻大風箱向爐中搧火。爐中橫架著一柄三尺來長、烏沉沉的大刀。

那三人都是六十來歲老者，一色的青布袍子，滿頭滿臉都是灰土，袍子上點點斑斑，到處是火星濺開來燒出的破洞。那三人同時鼓風，火燄升起五尺來高，繞著大刀，嗤嗤聲響。俞岱巖站立處和那爐子相距數丈，已熱得厲害，爐火之烈，可想而知，但見火燄由紅轉青，由青轉白，大刀卻始終黑黝黝地，竟沒起半點暗紅之色。

便在此時，屋頂上忽有個嘶啞的聲音叫道：「損毀寶刀，傷天害理，快住手！」

俞岱巖一聽，知道途中所遇那白袍客到了。三個鼓風煉刀的老者恍若不聞，只是鼓風更急。但聽得屋頂「嘿嘿嘿」三聲冷笑，簷前一聲響，那白袍客已閃身而進。

這時廳中爐火正旺，俞岱巖瞧得清楚，見這白袍客四十左右年紀，臉色慘白，隱隱透出一股青氣，他雙手空空，冷然說道：「長白三禽，你們想得屠龍寶刀，那也罷了，何以膽敢用爐火損毀寶物？」說著踏步上前。

三名老者中西首一人探身而前，左手倏出，往白袍客臉上抓去。白袍客側首避過，搶上一步。東首那老者見他逼近身來，提起爐子旁的大鐵錘，呼的一聲，向他頭頂猛擊而下。白袍客身子微側，鐵錘著地，砰的一聲響，火星四濺，原來地下鋪的不是尋常青磚，卻是堅硬異常的花岡石。西首老者手離風箱，自旁夾攻，雙手猶如鷄爪，上下飛舞，攻勢凌厲。

俞岱巖見白袍客的武功確是少林一派，但出手陰狠歹毒，與少林派剛猛正大的名門手法殊不相同。鬥了數合，那使鐵錘的老者大聲喝道：「閣下是誰？便要此寶刀，也得留個萬兒。」白袍客冷笑三聲，只不答話。猛地裏一個轉身，兩手抓出，喀喀兩響，西首老者雙腕齊折，東首老者鐵錘脫手。大鐵錘向上疾飛，穿破屋頂，直墮入院子中，響聲猛惡之極。這老者俯身提起一柄火鉗，便向爐中去夾那大刀。

站在南首的老者手中扣著暗器，俟機傷敵，但白袍客轉身迅速，一直沒找著空子，這時見東首老者用火鉗去夾大刀，突然伸手入爐，搶先抓住刀柄，提了出來，一握住刀柄，一股白煙冒起，各人鼻中聞到一陣焦臭，他右手掌心登時燒焦。但他兀自不放，提著大刀向後急躍，跟著一個踉蹌，便欲跌倒。他左手伸上，托住刀背，這才站定身子，似乎那刀太重，單手提不起來，但這麼一來，左手手掌心也燒得嗤嗤聲響。

餘人皆盡駭然，一呆之下，但見那老者雙手捧著大刀，向外狂奔。

白袍客冷笑道：「有這等便宜事？」手臂長出，已抓住他背心。那老者順手迴掠，揮轉大刀。刀鋒未到，便已熱氣撲面，白袍客的鬢髮眉毛都捲曲起來。他不敢擋架，手上勁力送出，將老者連人帶刀擲向洪爐。

俞岱巖本覺這干人個個兇狠悍惡，事不關己，也就不必出手。這時見老者命在頃刻，只要一入爐中，立時化成焦炭，終究救命要緊，當即縱身高躍，一轉一折，在半空中伸下手來，抓住那老者的髮髻一提，輕輕巧巧的落在一旁。

白袍客和長白三禽早見他站在一旁，一直無暇理會，突見他顯示了這手上乘輕功，盡皆吃驚。白袍客長眉上揚，問道：「這便是天下聞名的『梯雲縱』麼？」

俞岱巖聽他叫出了自己這路輕功的名目，微微一驚，又暗感得意：「我武當派功夫名揚天下，聲威遠播。」說道：「不敢請教尊駕貴姓大名？在下這點兒微末功夫，何足道哉！」那白袍客道：「很好，武當派的輕功果然有兩下子。」口氣甚爲傲慢。

俞岱巖心頭有氣，卻不發作，說道：「尊駕途中一舉手而斃海沙派高手，功夫神出鬼沒，更令人莫測高深。」那人心頭一凜，暗想：「這事居然叫你看見了，我卻沒瞧見你啊。不知你這小子當時躲在何處？」淡淡的道：「不錯，我這門武功，旁人原不易領會，別說閣下，便武當派掌門人張老頭兒，也未必懂得。」

俞岱巖聽那白袍客辱及恩師，怒氣暗生，但武當派弟子平素講究修心養性，轉念一想：「他有意挑釁，不知存著甚麼心？此人功夫怪異，不必爲了幾句無禮的言語爲本門多樹強敵。」微微一笑，說道：「天下武學門派無窮，武當派所學原只滄海一粟。如尊駕這等功夫，似少林而非少林，只怕本師多半不識。」這句話雖說得客氣，骨子中含義，卻是說武當派實不屑懂得你這些旁門左道的武功。

那人聽到他「似少林而非少林」那七字，臉色立變。

他二人言語針鋒相對。那南首老者赤手握著燒得熾熱的大刀，皮肉焦爛，幾已燒到骨骼，他咬牙忍痛，強自握刀不放。東首西首兩個老者躬身蓄勢，均想俟機奪刀。突然間呼的一聲響，那南首老者揮動大刀，向外急闖。他大刀在身前揮動，不是對準誰人而砍，但俞岱巖正站在他身前，首當其衝。他沒料到自己救了這老者性命，此人竟會忽然反噬，急忙躍起，避過刀鋒。

那老者雙手握住刀柄，發瘋般亂砍亂揮，衝了出去。白袍客和其餘兩個老者忌憚刀勢凌厲，不敢硬擋，連聲呼叱，隨後追去。那提刀老者跌跌撞撞的衝出了大門，突然間腳下一個踉蹌，向前仆跌，跟著大聲慘呼，似乎突然身受重傷。

白袍客和另外兩個老者一齊縱身過去，同時伸手去搶大刀，忽然不約而同的叫了出來，似乎陡然間給甚麼奇蛇毒蟲咬中了。那白袍客只打個跌，便即躍起，急向外奔，那三個老者卻在地下不住翻滾，竟不能站起。

俞岱巖見了這等慘狀，正要躍出去救人，突然一凜，想起海沙派在屋外撒鹽的情狀，此時屋周均是毒鹽，自己也已無法出去。遊目四顧，見大門內側左右各放著一張長櫈，當即伸手抓起，豎直兩櫈，一躍而上，雙腳分別勾著一張長櫈，便似踩高蹺一般踏著雙櫈走了出去。但見三個老者長聲慘叫，不停在地下滾動。俞岱巖扯下一片衣襟裹在手上，伸臂抓起了那懷抱大刀的老者後領，腳踩高蹺，向東急行。那老者抱著燒得熾熱的大刀不放，胸口衣襟盡皆燒焦。

這一下大出海沙派眾人意料之外，眼見便可得手，卻斜刺裏殺出個人來搶走寶刀，眾人紛紛擁出，大聲呼叱，鋼鏢袖箭，十餘般暗器齊向俞岱巖後心射去。

俞岱巖雙足使勁，將長櫈在地下一蹬，向前竄出丈許，暗器盡皆落空。他腳上勾了長櫈，雙足便似加長了四尺，只跨出四五步，早將海沙派諸人遠遠拋在後面。耳聽得各人大呼追來，俞岱巖提著那老者縱身躍起，雙足向後反踢，兩張長櫈飛了出去。但聽得砰砰兩響，跟著三四人大聲呼叫，顯是爲長櫈擊中。就這麼一阻，俞岱巖已奔出十餘丈外，手中雖提著一人，卻越奔越遠，海沙派諸人再也追不上了。

俞岱巖急趕一陣，耳聽得潮聲澎湃，後面無人追來，問道：「你怎樣了？」那老者哼了一聲，並不回答，跟著呻吟一下。俞岱巖尋思：「他身上沾滿毒鹽，先給他洗去要緊。」走到海邊，將他在淺水處浸了下去。海水碰上他手中燙熱的大刀，嗤嗤聲響，白煙冒起。那老者半昏半醒，在海水中浸了一陣，爬不起來。俞岱巖正要伸手去拉，忽然一個大浪打來，將那老者沖上了沙灘。

俞岱巖道：「現下你已脫險，在下身有要事，不能相陪，咱們便此別過。」那老者撐起身來，說道：「你……怎地……不搶這把寶刀？」俞岱巖一笑，道：「寶刀縱好，又不是我的，我怎能橫加搶奪？」那老者心下大奇，不能相信，道：「你……你到底有何詭計，要怎生炮製我？」俞岱巖道：「我跟你無怨無仇，炮製你幹麼？我今夜路過此處，見你中毒受傷，因此出手相救。」那老者搖了搖頭，厲聲道：「我命在你手，要殺便殺。若想用甚麼毒辣手段加害，我便死了，也必化成厲鬼，放你不過。」

俞岱巖知他受傷後神智不清，也不去跟他一般見識，微微一笑，正要舉步走開，海中又是一個大浪打上海灘。那老者呻吟一聲，伏在海水之中，只是發顫。

俞岱巖心想，救人須救徹，這老者中毒不輕，我若於此時捨他而去，他終須葬身海底，於是伸手抓住他背心，提著他走上一個小丘，四下眺望，見東北角一塊突出的山巖上有間屋子，瞧模樣似是一所廟宇，便提著那老者奔去，凝目看屋前扁額，隱約可見「海神廟」三字。推門進去，見這廟甚爲簡陋，滿地塵土，廟中也無廟祝。

俞岱巖將那老者放在神像前的木拜墊上，他懷中火摺已爲海水打濕，便在神檯上摸索，找到火絨火石，點燃了半截蠟燭，看那老者時，見他滿面青紫，中毒已深，從懷中取出一粒「天心解毒丹」，說道：「你服了這粒解毒丹藥。」

那老者本來緊閉雙目，聽他這麼說，睜眼說道：「我不吃你害人的毒藥。」

俞岱巖脾氣再好，這時也忍不住了，長眉一挑，說道：「你道我是誰？武當門下豈能幹害人之事？這是一粒解毒丹藥，不過你身中劇毒，這丹藥也未必能救，但至少可延你三日之命。你還是將刀送去給海沙派，換他們的本門解藥救命罷。」

那老者斗然站起，厲聲道：「誰想要我的屠龍刀，萬萬不能。」俞岱巖道：「你性命也沒有了，空有寶刀何用？」那老者顫聲道：「我寧可不要性命，屠龍刀總是我的。」說著將刀牢牢抱著，臉頰貼著刀鋒，當真說不出的愛惜，一面卻將那粒「天心解毒丹」吞入了肚中。

俞岱巖好奇心起，想要問一問這刀到底有甚麼好處，但見這老者雙眼之中充滿著貪婪兇狠的神色，宛似飢獸要擇人而噬，不禁大感厭惡，轉身便出。那老者厲聲喝道：「站住！你要去那裏？」俞岱巖笑道：「我去那裏，你又管得著麼？」說著揚長便走。

沒行得幾步，忽聽那老者放聲大哭，俞岱巖轉過頭來，問道：「你哭甚麼？」那老者哭道：「我千辛萬苦的得到了屠龍寶刀，轉眼間性命不保，要這寶刀何用？」俞岱巖「嗯」了一聲，道：「你只好以此刀去換海沙派的獨門解藥，此外再無別法。」那老者哭道：「可是我捨不得啊，我捨不得啊！」可怖的神態之中帶著三分滑稽。

俞岱巖想笑，卻笑不出來，隔了一會，說道：「武學之士，全憑本身功夫克敵制勝，仗義行道，顯名聲於天下後世。寶刀寶劍乃身外之物，得不足喜，失不足悲，老丈何必爲此煩惱？」

那老者怒道：「『武林至尊，寶刀屠龍。號令天下，莫敢不從。』這話你聽見過麼？」俞岱巖啞然失笑，道：「這幾句話我自然聽見過，下面還有兩句呢，甚麼『倚天不出，誰與爭鋒？』說的是幾十年前武林中一件驚天動地的大事，又不是眞的說甚麼寶刀。」那老者問道：「甚麼驚天動地的大事？」

俞岱巖道：「當年神鵰大俠楊過殺死蒙古皇帝蒙哥，大大爲我漢人出了一口惡氣。自此楊大俠有甚麼號令，天下英雄『莫敢不從』。『龍』便是蒙古皇帝，『屠龍』便是殺死蒙古皇帝。難道世間還眞有龍麼？」

那老者冷笑道：「我問你，當年楊過大俠使甚麼兵刃？」俞岱巖一怔，道：「我曾聽師父說，楊大俠斷了一臂，平時不使兵刃。」那老者道：「是啊！楊大俠怎生殺死蒙古皇帝的？」俞岱巖道：「他投擲石子打死蒙哥，此事天下皆知。」那老者大是得意，道：「楊大俠平時不用兵刃，殺蒙古皇帝用的又是石子，那麼『寶刀屠龍』四字從何說起？」

這一下問得俞岱巖無言可答，隔了片刻，才道：「那多半是武林中說得順口而已，總不能說『石頭屠龍』啊，那豈不難聽？」那老者冷笑道：「強辭奪理，強辭奪理！我再問你，『倚天不出，誰與爭鋒？』這兩句話，卻又作何解釋？」

俞岱巖沉吟道：「我不知道。『倚天』也許是一個人罷？聽說楊大俠的武功學自他的妻子，那麼『倚天』或許便是他夫人的名字，又或是死守襄陽的郭靖郭大俠。」

那老者道：「是嗎？我料你說不上來了，只好這麼一陣胡扯。我跟你說，『屠龍』是一把刀，便是這把屠龍刀，『倚天』是一把劍，叫作倚天劍。這六句話的意思是說，武林中至尊之物，是屠龍刀，誰得了這把刀，不管發施甚麼號令，天下英雄好漢都要聽令而行。只要倚天劍不出，屠龍刀便是最厲害的神兵利器了。」

俞岱巖將信將疑，道：「你將刀給我瞧瞧，到底有甚麼神奇？」那老者緊緊抱住大刀，冷笑道：「你當我是三歲小孩嗎？想騙我的寶刀。」他中毒之後，本已神疲力衰，全仗服了俞岱巖的一粒解毒丹藥，這才振奮了起來，這時一使勁，卻又呻吟不止。

俞岱巖笑道：「不給瞧便不給瞧，你雖得了屠龍寶刀，卻號令得動誰？難道我見你懷裏抱著這樣一把刀，便非聽你的話不可嗎？當眞是笑話奇談。你本來好端端地，卻去信了這些荒誕不經的鬼話，到頭來枉送了性命，仍然執迷不悟。你既號令我不得，便可知這刀其實無甚奇處。」

那老者呆了半晌，做聲不得，隔了良久，才道：「老弟，咱們來訂個約，你救我性命，我將寶刀的好處分一半給你。」俞岱巖仰天大笑，說道：「老丈，你可把我武當派瞧得忒也小了。扶危濟困，乃我輩份內之事，豈難道貪圖報答？你身上沾了毒鹽，我卻不知鹽中下的是甚麼毒藥，你只有去求海沙派解救。」那老者道：「我這把屠龍刀，是從海沙派手裏盜出來的，他們恨我切骨，豈肯救我？」俞岱巖道：「你既將刀交還，怨仇即解，他們便不怪你了，何必再傷你性命？」

那老者道：「我瞧你武功甚強，大有本事到海沙派中去將解藥盜來，救我性命。」俞岱巖道：「一來我身有要事，不能躭擱；二來你去偷盜人家寶刀，是你的不是，我怎能顛倒是非？老丈，你快去找海沙派的人罷！再有躭擱，毒性發作，便來不及了。」

那老者見他又舉步欲行，忙道：「好罷，我再問你一句，你提著我身子之時，可覺到有甚異樣？」俞岱巖道：「我確有些兒奇怪，你身子瘦瘦小小，卻有二百來斤重，不知是甚麼緣故，又沒見你身上負有甚麼重物。」

那老者將屠龍刀放在地下，道：「你再提一下我身子。」俞岱巖抓住他肩頭向上一提，手中登時輕了，只不過八十來斤，心下恍然：「原來這一柄單刀，竟有一百多斤之重，確實有點古怪，不同凡品。」放下老者，說道：「這把刀倒是很重。」

那老者忙又將屠龍刀牢牢抱住，說道：「豈但沉重而已。老弟，你尊姓俞還是姓張？」俞岱巖道：「敝姓俞，草字岱巖，老丈何以得知？」那老者道：「武當派張眞人收有七位弟子，武當七俠中宋大俠有四十來歲，殷莫兩位還不到二十歲，餘下的二三兩俠姓俞，四五兩俠姓張，武林中誰人不知？原來是俞三俠，怪不得這麼高的功夫。武當七俠威震天下，今日一見，果然名不虛傳。」

俞岱巖年紀雖不大，卻也是老江湖了，知他這般當面諂諛，不過有求於己，心反生厭，問道：「老丈尊姓大名？」那老者道：「小老兒姓德，單名一個成字，遼東道上的朋友們送我一個外號，叫作海東青。」海東青是生於遼東的一種大鷹，兇狠鷙惡，以捕食小獸為生，是關外著名的猛禽。

俞岱巖拱手道：「久仰，久仰。」抬頭看了看天色。德成知他急欲動身，若非動以大利，不能求得他伸手救命，說道：「你不懂得那『號令天下，莫敢不從』八個字的含義，只道是誰捧著屠龍刀，只須張口發令，人人便得聽從。不對，不對，這可全盤想錯了。」

他剛說到這裏，俞岱巖臉上微微變色，右手伸出一揮，噗的一聲輕響，搧滅了神檯上的蠟燭，低聲道：「有人過來啦！」德成內功修為遠不如他，沒聽見有何異聲，正遲疑間，只聽得遠處幾聲唿哨，有人相互傳呼，奔向海神廟而來。德成驚道：「敵人追來啦，咱們快從廟後退走。」俞岱巖道：「廟後也有人來。」德成道：「不會罷……」俞岱巖聽腳步之聲，便知是那羣鹽梟挑了鹽擔奔行，說道：「德老丈，來的是海沙派人眾，你正好向他們討取解藥。在下可不願趕這淌渾水了。」

德成伸出左手，牢牢抓住他手腕，顫聲道：「俞三俠，你萬萬不能捨我而去，你萬萬不能……」俞岱巖只覺他五根手指其寒如冰，緊緊嵌入自己手腕肉裏，當下手腕一翻，使半招「九轉丹成」，轉了個圈子，將他五指甩落。

只聽得一路腳步聲直奔到廟外，砰的一響，有人伸足踢開廟門，接著唰唰聲響，有不少細碎物事從黑暗中擲進。俞岱巖身子一縮，縱到了海神菩薩的神像後面。德成「啊」的一聲低哼，跟著唰唰數聲，暗器打中在他身上，接著又落在地下。那些暗器一陣接著一陣，毫不停留的撒入。俞岱巖心想：「這是海沙派的毒鹽。」接著屋頂上喀啦、喀啦幾聲，有人躍上屋頂揭開瓦片，又向下投擲毒鹽。

俞岱巖曾眼見白袍客和長白三禽身受毒鹽之害，白袍客武功著實了得，但一沾毒鹽，立即慘呼逃走，可見此物厲害。毒鹽在小廟中瀰空飛揚，心知再過片刻，非沾上不可，情急之下，數拳擊破神像背心，縮身溜進神像肚中，登時便如穿上了一層厚厚的泥土外衣，毒鹽雖多，已奈何他不得。

只聽得廟外海沙派人眾大聲商議：「點子不出聲，多半暈倒了。」「那年輕點子手腳好硬，再等一會，何必性急？」「就怕他溜了，不在廟裏。」接著有人喝道：「喂，吃橫樑的點子，乖乖出來投降罷。」

正亂間，忽聽得遠處馬蹄聲響，十餘匹快馬急馳而來。蹄聲中有人朗聲叫道：「日月光照，騰飛天鷹！」廟外海沙派人眾立時寂靜無聲，過了片刻，有人顫聲道：「是天……天鷹教，大夥兒快走……」話猶未畢，馬蹄聲已止在廟外。

海沙派中有人悄聲道：「走不了啦！」跟著有人大聲喝道：「雙手高舉！那一個不怕死，便撒毒鹽！你們幾個，快把廟裏的毒鹽全掃去了！」當是另一路人的呼喝。

只聽得腳步聲響，有數人走進廟來。俞岱巖藏身神像腹中，卻也感到有點光亮，想是來人持有火把燈籠。過了一會，有人說道：「大家雙手舉在頭頂，那一個撒毒鹽，先吃我一箭。大家知道我們是誰了？」海沙派中數人同聲答道：「是，是，各位是天鷹教的朋友。」那人道：「這位是天鷹教天市堂李堂主。他老人家等閒也不出來，今兒算你們運氣好，見到他老人家一面。李堂主問你們，屠龍刀在那裏，好好獻了出來，李堂主大發慈悲，你們的性命便都饒了。」

海沙派中一人道：「是他……他盜去了的，我們正要追回來，李……堂主……」

天鷹教那人道：「喂，那屠龍刀呢？」這句話顯然是對著德成說的了。德成卻不答話，跟著噗的一聲響，有人倒地。幾個人叫了起來：「啊喲！」

天鷹教那人道：「這人死了，搜他身邊。」

但聽得衣衫悉率之聲，又有人體翻轉之聲。天鷹教那人道：「稟報堂主，這人身邊並無異物。」海沙派的領頭人顫聲道：「李堂……堂主，寶刀明明是他……是他盜去的，我們決不敢隱瞞……」聽他聲音，顯是在李堂主威嚇的眼光之下，驚得心膽俱裂。

俞岱巖心想：「那把刀德成明明握在手中，怎地會不見了？」

天鷹教那人道：「你們說這刀是他盜去的，怎會不見？定是你們暗中藏了起來。這樣罷，誰說出眞相，李堂主饒他不死。你們這羣人中，只留下一人不死，誰先說，誰便活命。」廟中寂靜一片，隔了半晌，海沙派的首領說道：「李堂主，我們當眞不知，是天鷹教要的物事，我們決不敢留……」李堂主哼了一聲，並不答話。他那下屬說道：「誰先稟報眞相，就留誰活命。」過了一會兒，海沙派中沒一人說話。

突然一人叫道：「我們前來奪刀，還沒進廟，你們就到了。是你們天鷹教先進海神廟，我們怎能得刀？你既一定不信，左右是個死，今日跟你拚了。這又不是天鷹教的東西，這般強橫霸道，瞧你們……」一句話沒說完，驀地止歇，料是送了性命。

只聽另一人顫聲道：「適才有個三十歲左右的漢子，救了這老兒出來，那漢子輕功了得，這會兒卻已不知去向，寶刀定是給他搶去了。」

李堂主道：「各人身上查一查！」數人齊聲答應。只聽得殿中悉卒聲響，料是天鷹教的人在衆鹽梟身上搜檢。李堂主道：「多半便是那漢子取了去。走罷！」但聽腳步聲響，天鷹教人衆出了廟門，接著蹄聲向東北方漸漸遠去。

俞岱巖不願捲入這椿沒來由的糾紛之中，要待海沙派人衆走了之後再出來，但等了良久，廟中了無聲息，海沙派人衆似乎突然間都不知去向。他從神像後探頭張望，見二十餘名鹽梟好端端的站著，只一動不動，想是都給點了穴道。

他從神像腹中躍出，地下遺落的火把兀自點燃，照得廟中甚是明亮，只見海沙派衆人呆呆不動，臉色陰暗可怖，有的手中拿著木杓，杓中盛著毒鹽，卻來不及撒放。暗想：「聽說天鷹教是江南一帶的新興教派，這些海沙派的人衆本來也都不是好相與的，一遇上天鷹教卻便縛手縛腳。當眞惡人還有惡人磨了。」伸手到身旁那人「華蓋穴」上一推，想爲他解開穴道，那知觸手僵硬，竟推之不動，再探他鼻息，早沒了呼吸，原來已給點中了死穴。他逐一探察，見海沙派二十餘條大漢均已身死。

俞岱巖驚疑不定：「天鷹教下毒手之時，竟沒發出絲毫聲息，這門手法好不陰毒怪異。」眼見毒鹽散跌在地，心想：「遲早會有不知情由的百姓闖了進來，非遭殃不可。毒鹽和屍首收拾甚難，不如放一把火燒了這廟，以免後患。」

只見二十餘具屍首僵立殿上，模樣詭異，卻見神檯邊一屍俯伏，背上老大一灘血漬。俞岱巖微覺奇怪，抓住那屍體後領，想提起來察看，突然上身向前微微一俯，只覺這人身子重得出奇，但瞧他也只尋常身裁，卻何以如此沉重？提起他身子仔細看時，見他背上長長一條大傷口，伸手到傷口中一探，著手冰涼，掏出一把刀來，那刀沉甸甸的少說也有一百來斤，正是不少人拚了性命爭奪的那把屠龍刀。一凝思間，已知其理：德成臨死時連人帶刀撲將下來，刀鋒向前，砍入海沙派一名鹽梟後心。此刀既極沉重，又鋒銳無比，一跌之下，直沒入體。天鷹教教衆搜索各人身邊時，竟未發覺。

俞岱巖扯下神檯前桌帷，抹去刀上血漬。他拄刀而立，四顧茫然，尋思：「此刀是否眞屬武林至寶，那也難說得很，看來該算不祥之物，海東青德成和海沙派這許多鹽梟都爲它枉送了性命。眼下只好拿去呈給師父，請他老人家發落。」拾起地下火把，往神幔上點火，見火頭蔓延，便即出廟。

他在熊熊大火之旁細看屠龍刀，見那刀烏沉沉的，非鋼非鐵，不知是何物所製，先前長白三禽鼓起烈火鍛鍊，此刀竟絲毫無損，實是異物，又想：「此刀如此沉重，臨敵交手時如何施展？關王爺神力過人，他的青龍偃月刀也只八十一斤，而且是雙手使的。」將刀包入包袱，向德成的葬身處默祝：「德老丈，我決非貪圖此刀。但此刀乃天下異物，如落入惡人手中，勢必貽禍人間。我師父一秉至公，他老人家必有妥善處置。」

他將包袱負在背上，邁開步子，向北疾行。不到半個時辰，已至江邊，星月微光照映水面，點點閃閃，宛似滿江繁星，放眼而望，四下裏並無船隻。沿江東下，又走一頓飯時分，見前面燈火閃爍，有艘漁船在離岸數丈之處捕魚。俞岱巖叫道：「打漁的大哥，煩你送我過江，當有酬謝。」那漁船相距甚遠，船上漁人似沒聽到他叫聲，毫不理睬。俞岱巖吸了一口氣，縱聲而呼，叫聲遠遠傳了出去。

過不多時，上游一艘小船順流而下，駛向岸邊，船上梢公叫道：「客官可是要過江麼？」俞岱巖喜道：「正是，相煩梢公大哥方便。」那梢公將船搖近，說道：「請上來罷。」俞岱巖縱身上船，船頭登時向下一沉。那梢公吃了一驚，說道：「這般沉重，客官，你帶著甚麼？」俞岱巖笑道：「沒甚麼，是我身子重，開船罷！」

那船張起風帆，順風順水，斜向東北過江，行駛甚速。航出里許，忽聽遠處雷聲隱隱，轟轟之聲大作。俞岱巖道：「梢公，莫非要下雨了？」那梢公笑道：「這是錢塘江夜潮，順著潮水一送，轉眼便到對岸，比甚麼都快。」

俞岱巖放眼東望，只見天邊一道白線滾滾而至。潮聲愈來愈響，當真如千軍萬馬一般。江浪洶湧，遠處一道水牆疾推而前，心想：「天地間竟有如斯壯觀，今日大開眼界，也不枉辛苦一遭。」正瞧之際，只見一艘帆船乘浪衝至，白帆上繪著一隻黑色大鷹，展開雙翅，似乎要迎面撲來。他想起「天鷹敎」三字，暗自戒備。

突然之間，那梢公猛地躍起，跳入江心，霎時間不見了蹤影。小船沒人掌舵，給潮水一衝，登時大打圈子。俞岱巖一驚，忙搶到後梢去把舵，便在此時，那黑鷹帆船砰的一聲，撞正小船。帆船的船頭包以堅鐵，只一撞，小船船頭登時破了個大洞，潮水猛湧進來。俞岱巖又驚又怒：「你天鷹教好奸！原來這梢公是你們的人，賺我來此。」眼見小船已不能乘，縱身高躍，落向帆船船頭。

這時剛好一個大浪湧到，將帆船一拋，憑空上升丈餘。俞岱巖身在半空，帆船上升，他變成落向船底，危急中提一口氣，左掌拍向船邊，一借力，雙臂急振，施展「梯雲縱」輕功，跟著又上竄丈餘，這才落上帆船船頭。

但見艙門緊閉，不見有人。俞岱巖叫道：「是天鷹教的朋友嗎？」他連叫兩遍，船中沒人答話。他伸手去推艙門，觸手冰涼，艙門竟為鋼鐵所鑄，一推絲毫不動。俞岱巖勁貫雙臂，大喝一聲，雙掌推出，喀喇一響，鐵門仍然不開，但鐵門與船艙邊相接的鉸鍊卻給他掌力震落了。鐵門搖晃了幾下，他跟著一腳撐出，鐵門給他撐得半開半閉。

只聽得艙中一人說道：「武當派梯雲縱輕功，震山掌掌力，果然名下無虛。俞三俠，請你把背上的屠龍刀留下，我們送你過江。」話雖客氣，語意腔調卻十分傲慢，便似發號施令一般。俞岱巖尋思：「不知他如何知我姓名？」

那人又道：「俞三俠，你心中奇怪，何以我們知道你的大名，是不是？其實毫不希奇，這梯雲縱輕功和震山掌掌力，除了武當高手，又有誰能使得這般出神入化？俞三俠來到江南，我們天鷹教身為地主，沿途沒接待招呼，還得多多擔代啊。」俞岱巖倒覺不易回答，便道：「尊駕高姓大名，便請現身相見。」那人道：「天鷹教跟貴派無親無故、沒怨沒仇，還是不見的好。請俞三俠將屠龍刀放在船頭，我們這便送你過江。」

俞岱巖氣往上衝，說道：「這屠龍刀是貴教之物嗎？」那人道：「這倒不是。此刀是武林至尊，天下武學之士，那一個不想據而有之。」俞岱巖道：「這便是了，此刀既落入在下手中，須得交到武當山上，聽憑師尊發落，在下可作不得主。」那人細聲細語的說了幾句話，聲音低微，如蚊子叫一般，俞岱巖聽不清楚，問道：「你說甚麼？」

艙裏那人又細聲細氣的說了幾句話，聲音更加低了。俞岱巖只聽到甚麼「俞三俠……屠龍刀……」幾個字，他走上兩步，問道：「你說甚麼？」這時一個浪頭打來，將帆船直拋了上去，俞岱巖胸腹間和大腿之上，似乎同時讓蚊子叮了一口。其時正當暮春，本不該已有蚊蚋，但他也不在意，朗聲說道：「貴教為了一刀，殺人不少，海神廟中遺屍數十，未免下手太過毒辣。」

艙中那人道：「天鷹教下手向來分別輕重，對惡人下手重，對好人便客氣。俞三俠向來行俠仗義，我們不能害你性命。請你留下屠龍刀，在下便奉上蚊鬚針的解藥。」

俞岱巖聽到「蚊鬚針」三字，一震之下，忙伸手到胸腹間適才被蚊子咬過的處所一按，只覺微微麻癢，明明是蚊蟲叮後的感覺，轉念一想，登時省悟：「他適才說話聲音故意模糊細微，引我走近，乘機發這細小暗器。」想起海沙派眾鹽梟對天鷹教如此畏若蛇蝎，這暗器定然歹毒無比，眼下只有先擒住他，再逼他取出解藥救治，低哼一聲，左掌護面，右掌護胸，一腳踢開鐵門，縱身便往船艙中衝進。

人未落地，黑暗中勁風撲面，艙中人揮掌拍出。俞岱巖右掌擊出，盛怒之下，這一掌使了十成力。兩人雙掌相交，砰的一聲，艙中人向後飛出，喀喇喇聲響，撞毀不少桌椅等物。俞岱巖但覺掌中一陣劇痛。原來適才交了這掌，又已著了道兒，對方掌心暗藏尖刺利器，雙掌一交，幾根尖刺同時穿入他掌中。對方雖在他沉重掌力下受傷不輕，但黑暗中不知敵人多寡，不敢冒險逕自搶上擒人，又即躍回船頭。

只聽那人咳嗽了幾下，說道：「俞三俠掌力驚人，果是不凡，佩服啊佩服。不過在下這掌心七星釘卻也另有一功，咱們半斤八兩，兩敗俱傷！」

俞岱巖急忙取幾顆「天心解毒丹」服下，一抖包裹，取出屠龍寶刀，雙手持柄，呼的一聲，橫掃過去，但聽得嚓的一下輕響，登時將鐵門斬成了兩截，這刀果然鋒銳絕倫。他橫七豎八的連斬七八刀，鐵鑄的船艙遇著寶刀，便似紙糊草紮一般。艙中那人縱身躍向後梢，叫道：「你連中二毒，還發甚麼威？」俞岱巖舞刀追上，攔腰斬去。

那人見來勢兇猛，順手提起一隻鐵錨一擋，嚓的一聲輕響，鐵錨從中斷截。那人向旁躍開，叫道：「要性命還是要寶刀？」俞岱巖道：「好！你給我解藥，我給你寶刀。」這時他腿上中了蚊鬚針之處漸漸麻癢，料知「天心解毒丹」解不了這毒，這把屠龍刀他是無意中得來，本不如何重視，便將刀擲在艙裏。

那人大喜，俯身拾起，不住的拂拭摩挲，愛惜無比。那人背著月光，面貌瞧不清楚，見他只是看刀，卻不取解藥。俞岱巖覺得掌中疼痛加劇，問道：「解藥呢？」那人哈哈大笑，似乎聽到了滑稽之極的話。俞岱巖怒道：「我問你要解藥，有甚好笑？」

那人伸出左手食指，指著他臉，笑道：「嘻嘻！你這人當眞傻了，不等我給解藥，卻先將寶刀給了我？」俞岱巖怒道：「男兒一言，快馬一鞭，我答允以刀換藥，難道還抵賴不成？先給後給不是一樣？」那人笑道：「你手裏有刀，我終究忌憚你三分。你打我不過，將刀往江中一拋，未必再撈得到。現下刀入我手，還想我再給解藥麼？」

俞岱巖一聽，一股涼氣從心底直冒上來，自忖武當派和天鷹教無怨無仇，這人武功不低，也當是頗有身分之人，既取了屠龍刀，怎能說過的話不算話？他向來行事穩重，原不致輕易上當，只是此番一上來便失了先機，孤身陷於敵舟，又兼身中二毒，急欲換取解藥，竟低估了對方的奸詐兇狡，當下沉住了氣，問道：「尊駕高姓大名？」

那人笑道：「在下只是天鷹教中的無名小卒，武當派要找天鷹教報仇，自有本教教主和衆位堂主接著。再說，俞三俠今晚死得不明不白，貴教張三丰祖師便眞有通天徹地之能，也未必能知俞三俠是死於何人之手。」他這般說，竟如當俞岱巖已經死了一般。

俞岱巖只覺手掌心似有千萬隻螞蟻同時咬嚙，痛癢難當，伸手抓住半截斷錨，心想：「我今日便是不活，也當和你拚個同歸於盡。」聽那人嘮嘮叨叨，說得高興，俞岱巖猛地裏縱起，左手揮起斷錨，右手推出一掌，往那人面門胸口，同時擊去。

那人「啊喲」一聲，橫揮屠龍刀想來擋截，百忙中卻沒想到那刀沉重異常，他只揮出半尺，手腕忽地急沉。以他武功，原非使不動此刀，只是運力之際沒估量到這兵刃竟如此沉重，力道用得不足，那刀直墮下去，砍向他膝蓋。那人吃了一驚，臂上使力，待要挺舉大刀，只覺勁風撲面，半截斷錨直擊過來。這一下威猛凌厲，決難抵擋，當下雙足使勁，一個觔斗，倒翻入江。

那人雖避開了斷錨的橫掃，但俞岱巖右手那一掌卻沒讓過，一掌正按中他小腹，但覺五臟六腑似乎一齊翻轉，撲通一聲，跌入江中。

俞岱巖吁了口長氣，見他雖然中掌，兀自牢牢的握住屠龍刀不放，冷笑一聲，心道：「你便搶得了寶刀，終於葬身江底。」

驀地裏白影閃動，一道白練斜入江心，捲住那人腰間，連人帶刀一起捲上船來。俞岱巖吃了一驚，順著白練的來路瞧去，只見船頭站著一個黑衣漢子，雙手交替，急速扯動白練。俞岱巖待欲縱向船頭擊敵，身上毒性發作，倒在船梢，眼前一黑，登時昏去。

也不知過了多少時候，睜開眼來時，首先見到的是一面鏢旗，旗上繡著一尾金色鯉魚，俞岱巖閉了閉眼，再睜開來時，仍見到這面小小鏢旗。這旗插在一隻青花碎瓷的花瓶之中，花繡金光閃閃，旗上的鯉魚在波浪中騰身跳躍，心道：「這是臨安府龍門鏢局的鏢旗。我到底怎麼了？」其時腦子中兀自昏昏沉沉，一片混亂，沒法多想，略一凝神，發覺自己是睡在一張擔架之上，前後有人抬著，而所處之地似乎是在一座大廳。他想轉頭一瞧左右，豈知項頸僵直，竟不能轉動。

他大駭之下，想要躍下擔架，但手足便似變成了不是自己的，空自使力，卻一動也不能動了，這才想到：「我在錢塘江上中了七星釘和蚊鬚針的劇毒。」

只聽得兩個人在說話。一人聲音宏大，說道：「閣下高姓？」另一人道：「你不用問我姓名，我只問你，這單鏢接是不接？」俞岱巖心道：「這人聲音嬌嫩，似是女子！」那聲音宏大的人怫然道：「我們龍門鏢局難道少了生意，閣下既不肯見告姓名，那麼請光顧別家鏢局去罷。」那女子聲音的人道：「臨安府只龍門鏢局還像個樣子，別家鏢局都比不上。你若作不得主，快去叫總鏢頭出來。」言下頗爲無禮。那聲音宏大的人果然很不高興，說道：「我便是總鏢頭。在下另有別事，不能相陪，尊客請便罷。」

那女子聲音的人說道：「啊，你便是多臂熊都大錦……」頓了一頓，才道：「都總鏢頭，久仰，久仰。我姓殷。」都大錦似略感舒暢，問道：「尊客有甚差遣？」那姓殷的客人道：「我得先問你，你是不是承擔得下？這單鏢非同小可，卻半分躭誤不得。」

都大錦強抑怒氣，說道：「我這龍門鏢局開設二十年來，官鏢、鹽鏢，金銀珠寶，再大的生意也接過，可從來沒出過半點岔子。」

俞岱巖也聽過都大錦的名頭，知他是少林派俗家弟子，拳掌單刀，都有相當造詣，尤其一手連珠鋼鏢，能一口氣連發七七四十九枚鋼鏢，因此江湖上送了他一個外號，叫作「多臂熊」。他這「龍門鏢局」在江南一帶也頗有名聲。只武當、少林兩派弟子自來並不親近，因此雖然聞名，並不相識。

只聽那姓殷的微微一笑，說道：「我若不知龍門鏢局名聲不差，找上門來幹麼？都總鏢頭，我有一單鏢交給你，可有三個條款。」都大錦道：「牽扯糾纏的鏢我們不接，來歷不明的鏢不接，五萬兩銀子以下的鏢不接。」他沒聽對方說三個條款，自己先說了三個條款。

那姓殷的道：「我這單鏢啊，對不起得很，可有點兒牽扯糾纏，來歷也不大清白，值得多少銀子，那也難說得很。我這三個條款也挺不容易辦到。第一，要請你都總鏢頭親自押送。第二，自臨安府送到湖北襄陽府，必須日夜不停趕路，十天之內送到。第三，若有半分差池，嘿嘿，別說你都總鏢頭性命不保，叫你龍門鏢局滿門鷄犬不留。」

只聽得砰的一聲，想是都大錦伸手拍桌，喝道：「你要找人消遣，也不能找到我龍門鏢局來！若不是我瞧你瘦骨伶仃的，身上沒三兩肉，今日先叫你吃點苦頭。」

那姓殷的「嘿嘿」兩聲冷笑，砰嘭、砰嘭幾下，將一些沉重的物事接連拋到了桌上，說道：「這裏二千兩黃金，是保鏢的鏢金，你先收下了。」

俞岱巖聽了，心下一驚：「二千兩黃金，要值好幾萬兩銀子，做鏢局的值百抽十，這幾萬兩鏢金，不知要辛苦多少年才掙得起。」

俞岱巖項頸不能轉動，眼睜睜的只能望著那面插在瓶中的躍鯉鏢旗，這時大廳中一片靜寂，唯見營營青蠅，掠面飛過。只聽得都大錦喘息之聲甚是粗重，俞岱巖雖不能見他臉色，但猜想得到，他定是望著桌上那金光燦爛的二千兩黃金，目瞪口呆，心搖神馳，料想他開設鏢局，大批的金銀雖時時見到，但看來看去，總是別人的財物，這時突然見到有二千兩黃金送到面前，只消一點頭，這二千兩黃金就是他的，又怎能不動心？

過了半晌，聽得都大錦問道：「殷大爺，你要我保甚麼鏢？」那姓殷的道：「我先問你。我定下的三個條款，你可能辦到？」都大錦頓了一頓，伸手一拍大腿，道：「殷大爺既出了這等重酬，我姓都的跟你賣命就是了。殷大爺的寶物幾時送來？」

那姓殷的道：「要你保的鏢，便是躺在擔架中的這位爺台。」

此言一出，都大錦「咦」的一聲，固然大為驚訝，而俞岱巖更驚奇無比，忍不住叫道：「我……我……」不料他張大了口，卻吐不出聲音，便似人在噩夢之中，不論如何使勁，周身卻不聽使喚，此時全身俱廢，僅餘下眼睛未盲，耳朵未聾。只聽都大錦問道：「是……是這位爺台？」

那姓殷的道：「不錯。你親自護送，換車換馬不換人，日夜不停趕道，十天之內送到湖北襄陽府武當山上，交給武當派掌門祖師張三丰眞人。」俞岱巖聽到這句話，吁了一口長氣，心中一寬，聽都大錦道：「武當派？我們少林弟子，雖跟武當派沒甚麼樑子，但是……但是，從來沒甚麼來往……這個……」

那姓殷的冷冷的道：「這位爺台身上有傷，躭誤片刻，萬金莫贖。這單鏢你接便接，不接便不接。大丈夫一言而決，甚麼這個那個的？」

都大錦道：「好，衝著殷大爺的面子，我龍門鏢局便接下了。」

那姓殷的微微一笑，說道：「好！今日三月廿八，到四月初九，你如不將這位爺台平平安安送上武當山，我叫你龍門鏢局滿門鷄犬不留！」但聽得嗤嗤聲響，十餘枚細小的銀針激射而出，釘在那隻插著鏢旗的瓷瓶之上，砰的一響，瓷瓶裂成數十片，四散飛迸。這一手發射暗器的功夫，當眞駭人耳目。都大錦「啊喲」一聲驚呼。俞岱巖也心中一凜。只聽那姓殷的喝道：「走罷！」抬著俞岱巖的人將擔架放落在地，一擁而出。

過了半晌，都大錦才定下神來，走到俞岱巖跟前，說道：「這位爺台高姓大名，可是武當派的麼？」俞岱巖只向他凝望，沒法回答。但見這都總鏢頭約莫五十來歲年紀，身材魁偉，手臂上肌肉虬結，相貌威武，顯是一位外家好手。

都大錦又道：「這位殷大爺俊秀文雅，顯然是個妙齡女子，不知何以要喬裝改扮？

想不到她武功如此了得，卻不知是那一家那一派的？」他連問數聲，俞岱巖索性閉上雙眼，不去理他。都大錦心下嘀咕，他自己是發射暗器的好手，「多臂熊」的外號說出來也甚響亮，但這姓殷的女子袖子一揚，數十枚細如牛毛的銀針竟將一隻大瓷瓶打得粉碎，這份功夫，遠非自己所及。

都大錦主理龍門鏢局二十餘年，江湖上的奇事也不知見過多少，但以二千兩黃金的鏢金來託保一個活人，別說自己手裏從未接過，只怕天下各處的鏢行也聞所未聞。雖對這單鏢心生狐疑，但鏢金豐厚，且走鏢的以少惹麻煩爲上，也不再和俞岱巖多說。當下收起黃金，命人抬俞岱巖入房休息，好飲好食供養，隨即召集鏢局中各名鏢頭，套車趕馬，預備上道。

各人飽餐已畢，結束定當，趟子手抱了鏢局裏的躍鯉鏢旗，走出鏢局大門，一展旗子，大聲喝道：「龍門鯉魚躍，魚兒化爲龍。」

俞岱巖躺在大車之中，心下大是感慨：「我俞岱巖縱橫江湖，生平沒將保鏢護院的瞧在眼內，想不到今日遭此大難，卻要他們護送我上武當山去。」又想：「救我的這位姓殷朋友不知是誰？都總鏢頭說他形貌俊秀文雅，是女子所改扮，但武功卓絕，行事出人意表，只可惜我不能見她一面，更不能謝她一句。我俞岱巖若能不死，此恩必報。」

一行人馬不停蹄的向西趕路，護鏢的除了都、祝、史三個鏢頭外，另有四個年輕力壯的青年鏢師。各人騎的都是快馬，眞便如那姓殷的所說，一路上換車換馬不換人，日夜不停的趲程趕路。當出臨安西門之時，都大錦滿腹疑慮，料得到這一路上不知要有多少場惡鬥，那知道離浙江、過安徽、入鄂境，數日來竟太平無事。這一日過了樊城，經太平店、仙人渡、光化縣，渡漢水來到老河口，離武當山已只一日路程。

次日未到午牌時分，已抵雙井子，去武當山已不過數十里地，一路上雖趕得辛苦，總算沒誤了那姓殷客人所定的期限，剛好於四月初九抵達武當山。這些日來埋頭趕路，大夥兒人人都擔著極重心事。直到此時，一衆鏢師才心中大寬。

其時正當春末夏初，山道上繁花迎人，殊足暢懷。都大錦伸馬鞭指著隱入雲中的天柱峯，說道：「祝三弟，近年來武當派聲勢挺盛，雖還及不上我少林派，然而武當七俠名頭響亮，在江湖上闖下了極烜赫的萬兒。瞧這天柱峯高聳入雲，常言道人傑地靈，那武當派看來當眞有幾下子。」祝鏢頭道：「武當派近年聲威雖大，畢竟根基尙淺，跟少林派千餘年的道行相比，可萬萬不及了。就憑總鏢頭這二十四手降魔掌和四十九枚連珠鋼鏢，武當派中人便決不能有如此精純的造詣！」史鏢頭接口道：「是啊。江湖上的傳言多半靠不住。武當七俠的聲名響是響的，但眞實功夫到底如何，咱們都沒見過。只怕是江湖上一些未見過世面的鄉下佬加油添醬，將他們的本領吹了上天！」

都大錦微微一笑，他見識可比祝史二人高得多了，心知武當七俠盛名決非倖致，人家定有驚人藝業，只他走鏢二十餘年，罕逢敵手，對自己的功夫卻也十分信得過，聽祝史二人一吹一唱的給自己捧場，這些話已不知聽了多少遍，仍不自禁的得意。

行得一程，山道漸窄，三騎已不能併肩。史鏢頭勒馬退後幾步。祝鏢頭道：「總鏢頭，待會見到武當派張三丰老道，怎生見禮啊？」都大錦道：「大家不同門派，本來都是平輩。但張老道快九十歲啦，當今武林中數他年紀最長。咱們尊重他是武林前輩，向他磕幾個頭，也沒甚麼。」祝鏢頭道：「依我說嘛，咱們躬身說道：『張眞人，晚輩們跟你磕頭啦！』他一定伸手攔住，說道：『遠來是客，不敢當！不用多禮。』咱們這幾個頭便省下啦。」

都大錦微微一笑，心中卻在琢磨大車中躺著的那人到底是甚麼來歷。這人十天來不言不動，飲食便溺全要鏢行的趟子手照料。都大錦和衆鏢師談論了幾次，總摸不準他的身分，到底他是武當派的弟子呢？朋友呢？還是武當派的仇敵，給人擒住了這般送上山去？都大錦離武當山近一步，心中的疑慮便深一層，尋思不久便可見到張三丰，這疑團見面就可剖明，但不知是禍是福，卻也不禁惴惴。

正沉吟間，忽聽得西首山道上馬蹄聲響，數匹馬奔馳而至。祝鏢頭縱馬衝上去察看。過不多時，只見斜刺裏奔來六乘馬，馳到離鏢行人衆十餘丈處，突然勒馬，三乘前，三乘後，攔在當路。都大錦心下嘀咕：「眞不成到了武當山下，反而出事？」低聲對史鏢頭道：「小心保護大車。」拍馬迎上。趟子手將躍鯉鏢旗一捲一揚，作個敬禮的姿式，叫道：「江南臨安府龍門鏢局道經貴地，禮數不周，請好朋友們見諒。」

都大錦看那攔路的六人時，見兩人是黃冠道士，其餘四人是俗家打扮。六人身旁都懸佩刀劍兵刃，個個英氣勃勃，精神飽滿。都大錦心念一動：「這六人豈非便是武當七俠中的六俠？」縱馬上前，抱拳說道：「在下臨安府龍門鏢局都大錦，不敢請問六位高姓大名？」前邊三人中右首的是個高個兒，左頰上生著顆大黑痣，痣上留著三莖長毛，冷冷的道：「都兄到武當山來幹甚麼？」都大錦道：「敝局受人之託，送一位傷者上貴山來。要面見貴派掌門張眞人。」那人道：「送一個傷者？那是誰啊？」

都大錦道：「我們受一位姓殷的客官所囑，將這位身受重傷的爺台護送上武當山來。這位爺台是誰、如何受傷，中間過節，我們一概不知。龍門鏢局受人之託，忠人之事，至於客人們的私事，我們向來不敢過問。」他闖蕩江湖數十年，幹的又是鏢行，行事自然謹愼圓滑，這番話把干係推得乾乾淨淨，車中那人是武當派的朋友也好，仇人也好，都怪不到他頭上。

那臉生黑痣之人向身旁兩個同伴瞧了一眼，問道：「姓殷的客人？是怎生模樣的人物？」都大錦道：「是一位俊雅秀美的年輕客官，發射暗器的功夫十分了得。」那生黑痣之人問道：「你跟他動過手了？」都大錦忙道：「不，不，是他自行……」一句話沒說完，攔在前面的一個禿子搶著問道：「那屠龍刀呢？是在誰的手中？」

都大錦愕然問道：「甚麼屠龍刀？便是歷來相傳那『武林至尊，寶刀屠龍』麼？」那禿子性子暴躁，不耐煩多講，突然翻身落馬，搶到大車之前，挑開車簾，向內張望。

都大錦見他身手矯捷，一縱一落，姿式看來隱隱有些熟悉，心想：「武當創派祖師張三丰曾在我少林寺住過，他武當派武功果然未脫我少林派的範圍，說是獨創，卻也不見得。」當下更無懷疑，問道：「各位便是名播江湖的武當七俠麼？那一位是宋大俠？小弟久聞英名，甚是仰慕。」那面生黑痣的人道：「區區虛名，何足掛齒？都兄太謙了。」那禿子回身上馬，說道：「他傷勢甚重，躭誤不得，我們先接了去。」

那臉生黑痣的人抱拳道：「都兄遠來勞頓，大是辛苦，小弟這裏謝過。」都大錦拱手還禮，說道：「好說，好說。」那人道：「這位爺台傷勢不輕，我們先接上山去施救。」都大錦做事老到，拉住車轅，說道：「還是由兄弟親自護送傷者上山，親手交給張眞人，免得日後更有糾葛。」那人道：「都兄放心，一切由小弟負責便是。」

都大錦一想，早些脫卻干係也好，便道：「那麼可否請武當派給個憑證，我們好向客官交代。」那臉生黑痣之人解下背負的長劍，雙手托了，交將過來，說道：「這是兄弟的佩劍。劍在人在，劍亡人亡，以此作爲憑證，應該足夠了罷？」都大錦惶恐道：

「不敢！」躬身雙手接劍。他聽對方言語說得重了，而對方盛名之下，自己也有些膽怯，何況已到了人家地段，又拿了對方佩劍在手，即使自己堅持上山，親眼見到張三丰，還不是要交了人、給人轟下山來，恐怕連這柄佩劍也會給拿回，反落得兩手空空，沒半點憑證。他微一躊躇，便道：「好，那麼我們在這裏把人交給武當派了。」

那人一喜，說道：「都兄的鏢金已付清了麼？」都大錦道：「早已收足。」那人從懷中取出一隻金元寶，約有二十兩之譜，長臂伸出，說道：「些些茶資，請都兄賞給各位兄弟。」都大錦推辭不受，說道：「二千兩黃金的鏢金，說甚麼都夠了，都某並不是貪得無厭之人。」那人道：「嗯，給了二千兩黃金！」他身旁二人縱馬上前，其中一人躍上車夫的座位，接過馬韁，趕車先行，其餘四人護在車後。

那面生黑痣的人手一揚，輕輕將金元寶擲到都大錦面前，笑道：「都兄不必客氣，這便請回臨安去罷！」都大錦見元寶擲到面前，只得伸手接住，待要送還，那人勒過馬頭，急馳而去。只見五乘馬擁著一輛大車，轉過山坳，片刻間去得不見了影蹤。

都大錦看那金元寶時，見上面捏出了五個指印，深入數分。黃金雖較銅鐵柔軟得多，但如此指力，卻也令人不勝駭異。都大錦呆呆的望著，心道：「武當七俠的大名，果然不是僥倖得來。我少林派中，只怕只有幾位精研金剛指力的師伯叔方有如此功力。」將對方所交佩劍拔出鞘來，除入手沉重之外，並無特異之處，心想以武當七俠的聲名，佩這樣一口尋常鋼劍，不免有欠冠冕。

只聽祝鏢頭說道：「總鏢頭，武當門下的子弟未免太不明禮數，見了面也不通名道姓，咱們千里迢迢的趕來，到了武當山腳下，又不請上山去留膳留宿。大家武林一脈，可太不夠朋友啦。」

都大錦心中早就不滿，只是沒說出口，淡淡一笑，道：「省了咱們幾步路，那不好麼？少林子弟進了武當派的道觀，原本有幾分尷尬。兩位賢弟，打道回府去罷！」

這一趟走鏢，雖沒出半點岔子，但事事給人蒙在鼓裏，而有意無意之間又處處給人輕視，武當七俠連姓名也不肯說，顯是絲毫沒將他放在眼內，雖然留下了一口佩劍，也不知是真是假。都大錦越想越不忿，暗自盤算如何方能出這一口惡氣。一行人眾原路而回，都大錦心中不快，眾鏢師和趟子手卻人人興高采烈，想起十天十夜辛苦，換來了二千兩黃金的鏢金，總鏢頭向來出手慷慨，弟兄們定可分到一筆豐厚的花紅謝禮。

行到向晚，離雙井子已不過十餘里路，祝鏢頭見都大錦神情鬱鬱，說道：「總鏢頭，今日此事，那也不必介懷，山高水長，江湖上他年有相逢，瞧武當七俠的威風又能使得到幾時？」都大錦嘆道：「有一件事，我好生懊悔。」祝鏢頭道：「甚麼事？」

說到此處，忽聽得身後馬蹄聲響，一乘馬自後趕來，蹄聲得得，行得甚是悠閒，但說也奇怪，那馬卻越追越近。眾人回頭瞧時，原來那馬四腿特長，身子較之尋常馬匹高了一尺有餘，腿一長，自然走得快了。那馬是匹青驄，遍體油毛。祝鏢頭讚了句：「好馬！」又道：「總鏢頭，咱們沒甚麼幹得不對啊？」都大錦黯然道：「我是說二十五年前的事。那時我在少林寺學藝滿師。恩師留我再學五年，把一套大韋陀掌學全了。當時我年少氣盛，自以爲憑著當時的本事，已足以在江湖上行走，不耐煩再在寺中吃苦，不聽恩師之言。唉，當年若能多下五年苦功，今日又怎會把甚麼武當七俠放在眼內，也不致受他們這番羞辱了……」正說到此處，那青驄馬從鏢隊旁掠過，馬上乘者斜眼向都大錦和祝鏢頭打量了幾眼，臉上大有詫異之色。

都大錦見有生人行近，當即住口，見馬上乘者是個二十一二歲的少年，面目俊秀，雖略覺清癯，但神朗氣爽，身形的瘦弱竟掩不住一股剽悍之意。那少年抱拳道：「借光，借光。」他胯下青驄馬邁開長腿，越過鏢隊，一直向前去了。

都大錦望著那人後影，道：「祝賢弟，你瞧這是何等樣的人物？」祝鏢頭道：「他從山上下來，說不定也是武當派的弟子。但他沒帶兵刃，身子又這般瘦弱，似乎不是練家子的模樣。」剛說了這句話，那少年突然圈轉馬頭奔回，遠遠抱拳道：「勞駕！小弟有句話動問，請勿見怪。」

都大錦見他說得客氣，便勒馬說道：「尊駕要問甚麼事？」那少年望了望趟子手手中高舉著的躍鯉鏢旗，道：「貴局可是江南臨安府龍門鏢局麼？」祝鏢頭道：「正是！」

那少年道：「請問幾位高姓大名？貴局都總鏢頭可好？」

祝鏢頭雖見他彬彬有禮，但江湖上人心難測，不能逢人便吐眞言，說道：「在下姓祝。朋友貴姓？和敝局都總鏢頭可是相識？」

那少年翻身下鞍，一手牽韁，走上幾步，說道：「在下姓張，賤字翠山。素仰貴局都總鏢頭大名，只無緣得見。」他這一報名自稱「張翠山」，都大錦和祝、史二鏢頭都是一驚。張翠山在武當七俠中名列第五。近年來武林中多有人稱道他的大名，說他武功了得，想不到竟是這樣一個文質彬彬、弱不禁風的年輕人。都大錦將信將疑，縱馬上前，道：「在下便是都大錦，閣下可是江湖上人稱『銀鉤鐵劃』的張五俠麼？」

那少年微笑道：「甚麼俠不俠的，都總鏢頭言重了。各位來到武當，怎地過門不入？今日正是家師九十壽誕之期，倘若不耽誤各位要事，便請上山去喝杯壽酒如何？」

都大錦聽他說得誠懇，心想：「武當七俠人品怎地如此大不相同？那六人傲慢無禮，這位張五俠卻十分的謙和可親。」也躍下馬來，笑道：「倘若令師兄也如張五俠這般愛朋友，我們這時早在武當山上了。」張翠山道：「怎麼？總鏢頭見過我師兄了？是那一個？」都大錦心想：「你眞會做戲，到這時還在假作痴呆。」說道：「在下今日運氣不差，一日之間，武當七俠人人都會遍了。」張翠山「啊」的一聲，呆了一呆，問道：「我俞三哥你也見到了麼？」都大錦道：「俞岱巖俞三俠麼？我可不知那一位是俞三俠。只六個人一起見了，俞三俠總也在內。」

張翠山道：「六個人？這可奇了？是那六個啊？」都大錦怫然道：「你這幾位師兄弟不肯通名道姓，我怎知道？閣下既是張五俠，那六位自然是宋大俠以至莫七俠六位了。」他說到每個「俠」字，都頓了一頓，聲音拖長，略含譏諷。

但張翠山正自思索，並沒察覺，又問：「都總鏢頭當真見了？」都大錦道：「不但是我見了，我這鏢行一行人數十對眼睛，齊都見了。」張翠山搖頭道：「那決計不會。宋師哥他們今日一直在山上紫霄宮中侍奉師父，沒下山一步。師父和宋師哥見俞三哥過午還不上山，命小弟下山等候，怎地總鏢頭會見到宋師哥他們？」

都大錦道：「那位臉頰上生了一顆大黑痣，痣上有三莖長毛的，應該便是宋大俠罷？」張翠山一楞，道：「我師兄弟之中，並沒一人頰上有痣，痣上生毛。」

都大錦聽了這幾句話，一股涼氣從心底直冒上來，說道：「那六人自稱是武當六俠，既在武當山下現身，其中又有兩個是黃冠道人，我們自然……」張翠山插口道：「我師父雖是道人，但他所收的卻都是俗家弟子。那六人自稱是『武當六俠』麼？」

都大錦回思適才情景，這才想起，是自己一上來便把那六人當作武當六俠，對方卻並無一句自表身分的言語，只是對自己的誤會沒加否認而已，不禁和祝史二鏢頭面面相覷，忙將插在腰帶裏的佩劍托在手上，說道：「這是令師兄弟中一位親手交給我的憑證！」

張翠山接過劍來，拔劍出鞘，瞧了一眼，隨即還劍入鞘，說道：「我師兄弟的佩劍，劍刃之上都刻有姓名，這把劍不是武當派的。」都大錦大驚，顫聲道：「如此說來，這六人只怕不懷好意，咱們快追！」說著翻身上馬，撥過馬頭，順著上坡的山路疾馳。

張翠山也跨上了青驄馬。那馬邁開長腿，不疾不徐的和都大錦的坐騎齊肩而行。張翠山道：「那六人混冒姓名，都兄便由得他們去罷！」都大錦氣喘喘的道：「可是那人呢？我受人重囑，要將那人送上武當山來交給張眞人。這六人假冒姓名，接了那個人去，只怕……只怕事情要糟……」張翠山道：「都兄送誰來給我師父？那六人接了誰去？」都大錦催馬急奔，一面將如何受人囑託送一個中毒受傷之人來到武當山之事說了。張翠山頗爲詫異，問道：「那中毒受傷之人是甚麼姓名？年貌如何？」都大錦道：「也不知他姓甚名誰，他傷得不會說話，不能動彈，只賸下一口氣了。這人約莫三十左右年紀，雙眉斜飛，鼻樑高高的……」跟著詳細說了俞岱巖的相貌模樣。

張翠山大吃一驚，叫道：「這……這便是我俞三哥啊！」他雖心中慌亂，但片刻間隨即鎭定，左手一伸，勒住了都大錦的馬韁。

那馬奔得正急，給張翠山這麼一勒，便即硬生生的斗地停住，再也上前不得半步，嘴邊鮮血長流，縱聲而嘶。都大錦斜身落鞍，唰的一聲，拔出了單刀，心下暗自驚疑，瞧不出此人身形瘦弱，這一勒之下，竟能立止健馬。

張翠山道：「都大哥不須誤會，你千里迢迢的護送我俞三哥來此，小弟只有感激，決無別意。」都大錦「嗯」了一聲，將單刀刀頭揷入鞘中，右手仍執住刀柄。

張翠山道：「我俞三哥怎會中毒受傷？對頭是誰？是何人請都大哥送他前來？」對這三句問話，都大錦卻一句也答不上來。這時祝史二鏢頭也乘馬趕了上來。張翠山皺起眉頭，又問：「接了我俞三哥去的人是怎生模樣？」祝鏢頭口齒靈便，搶著說了。張翠山道：「小弟先趕一步。」一抱拳，縱馬狂奔。

青驄馬緩步而行，已迅疾異常，這一展開腳力，但覺耳邊風生，山道兩旁樹木不住倒退。武當七俠同門學藝，連袂行俠，情逾骨肉，張翠山聽得師哥身受重傷，又落入不明來歷之人手中，心急如焚，不住催馬，這匹駿馬便立時倒斃，也顧不得了。

一口氣奔到了草店，那是一處三岔口，一條路通向武當山，另一條路向西北而去鄖陽。張翠山心想：「這六人若好心送俞三哥上山，那麼適才下山時我定會撞到。」雙腿一夾，縱馬向西北追了下去。這一陣急奔，足有大半個時辰，坐騎雖壯，卻也支持不住，越跑越慢。天色漸漸黑了下來，這一帶山上人跡稀少，無從打聽。張翠山不住思索：「俞三哥武功卓絕，怎會給人打得重傷？但瞧那都大錦的神情，卻又不是說謊？」眼看將至十偃鎮，忽見道旁一輛大車歪歪的翻倒在長草之中。再走近幾步，但見拉車的馬匹頭骨破碎，腦漿迸裂，死在地下。

張翠山飛身下馬，掀開大車的簾子，見車中無人，轉過身來，卻見長草中一人俯伏，動也不動，似已死去多時。張翠山心中砰砰亂跳，搶將過去，瞧後影正是三師兄俞岱巖，忙伸臂抱起。暮色蒼茫之中，只見他雙目緊閉，臉如金紙，神色可怖，張翠山又驚又痛，伸過自己臉頰去挨在他臉上，感到略有微溫。張翠山大喜，伸手摸他胸口，覺得他一顆心尚在緩緩跳動，只是時停時跳，說不定隨時都能止歇。

張翠山垂淚道：「三哥，你……你怎麼……我是五弟……五弟啊！」抱著他慢慢站起，卻見他雙手雙足軟軟垂下，原來四肢骨節都已爲人折斷。但見指骨、腕骨、臂骨、腿骨到處冒出鮮血，顯是敵人下手不久，且是逐一折斷，手段毒辣，實令人慘不忍睹。

張翠山怒火攻心，目眥欲裂，知敵人離去不久，憑著健馬腳力，當可追趕得上，狂怒之下，便欲趕去廝拚，但隨即想起：「三哥命在頃刻，須得先救他性命要緊。君子報仇，十年未晚。」偏偏下山之際預擬片刻即回，身上沒帶兵刃藥物，眼看著俞岱巖這等情景，馬行顛簸，每一震盪便增加他一分痛楚。當下穩穩的將他抱在手中，展開輕功，向山上疾行。那青驄馬跟在身後，見主人不來乘坐，似感奇怪。

這一日是武當派創派祖師張三丰的九十壽辰。當天一早，紫霄宮中便喜氣洋洋，六個弟子自大弟子宋遠橋以下，逐一向師父拜壽，七弟子之中只少了個俞岱巖不到。張三丰和諸弟子知道俞岱巖辦事穩重，到南方去誅滅的劇盜也不是如何厲害的人物，預計當可及時趕到。但等到正午，仍不見他人影。眾人不耐起來，張翠山便道：「弟子下山接三哥去。」

那知他一去之後，也音訊全無。按說他所騎的青驄馬腳力甚快，便直迎到老河口，也該回轉了，不料直到酉時，仍不見回山。大廳上壽筵早已擺好，紅燭高燒，已點去了小半枝。眾人都有點兒心緒不寧。六弟子殷梨亭、七弟子莫聲谷在紫霄宮門口進進出出，也不知已有多少遍。張三丰素知這兩個弟子的性格，俞岱巖穩重可靠，能擔當大事；張翠山聰明機靈，辦事迅敏，從不拖泥帶水，到這時還不見回山，定是有了變故。

宋遠橋望了望紅燭，陪笑道：「師父，三弟和五弟定是遇上甚麼不平之事，因之出手干預。師父常教訓我們要積德行善，今日你老人家千秋大喜，兩個師弟幹一件俠義之事，那是最好不過的壽儀啊。」張三丰一摸長鬚，笑道：「嗯嗯，我八十歲生日那天，你救了個投井寡婦的性命，那好得很啊。不過每隔十年才做一件好事，未免叫天下受苦之人等得心焦。」五個弟子一齊笑了起來。張三丰生性詼諧，師徒間也常說笑話。

四弟子張松溪道：「你老人家至少有二百歲長壽，我們每十年幹樁好事，七個人加起來也不少啦。」七弟子莫聲谷笑道：「哈哈，就怕我們七個弟子沒這麼多歲數好活……」他一言未畢，宋遠橋和二弟子俞蓮舟一齊搶到滴水簷前，叫道：「是三弟麼？」只聽得張翠山道：「是我！」聲音中帶著嗚咽。

只見他雙臂橫抱一人，搶了進來，滿臉血污混著汗水，奔到張三丰面前一跪，泣不成聲，叫道：「師父，三……三哥給人暗算……」眾人大驚，只見張翠山身子一晃，向後便倒。他這般凝定上身、足不停步的長途奔馳，加之心中傷痛，終於支持不住，一見到師父和眾同門，竟自暈去。

宋遠橋和俞蓮舟知張翠山之暈，只是心神激盪，再加疲累過甚，三師弟俞岱巖卻存亡未卜，兩人不約而同的伸手將俞岱巖抱起，見他呼吸微弱，只賸下遊絲般一口氣。

張三丰見愛徒傷成這般模樣，胸中大震，當下不暇詢問，奔進內堂取出一瓶「白虎奪命丹」。丹瓶口本用白蠟封住，這時也不及除蠟開瓶，左手兩指一捏，瓷瓶碎裂，取出三粒白色丹藥，餵在俞岱巖嘴裏。但俞岱巖知覺已失，那裏還會吞嚥？

張三丰雙手食指和拇指虛拿，成「鶴嘴勁」勢，以食指指尖點在俞岱巖耳尖上三分處的「龍躍竅」，運起內力，微微擺動。以他此時功力，這「鶴嘴勁點龍躍竅」使將出來，便是新斷氣之人也能還魂片刻，但他手指直擺到二十下，俞岱巖仍動也不動。

張三丰輕輕嘆了口氣，雙手捏成劍訣，掌心向下，兩手雙取俞岱巖「頰車穴」。那「頰車穴」就在腮上牙關緊閉的結合之處，張三丰陰手點過，立即掌心向上，翻成陽手，一陰一陽，交互變換，翻到第十二次時，俞岱巖終於張開了口，緩緩將丹藥吞入喉中。殷梨亭和莫聲谷一直提心吊膽，這時「啊」的一聲，同時叫了出來。

但俞岱巖喉頭肌肉僵硬，丹藥雖入咽喉，卻不至腹。張松溪便伸手按摩他喉頭肌肉。張三丰隨即伸指閉了俞岱巖肩頭「缺盆」、「俞府」諸穴，尾脊的「陽關」、「命門」諸穴，讓他醒轉之後，不致因四肢劇痛而重又昏迷。

宋遠橋和俞蓮舟平素見師父無論遇到甚麼疑難驚險大事，始終泰然自若，但這一次雙手竟微微發顫，眼神中流露出惶惑之色，兩人均知三師弟之傷，委實非同小可。

過不多時，張翠山悠悠醒轉，叫道：「師父，三哥還能救麼？」張三丰不答，只道：「翠山，世上誰人不死？」只聽得腳步聲響，一名道僮奔進報道：「觀外有一干鏢客求見祖師爺，說是臨安府龍門鏢局的都大錦。」

張翠山霍地站起，滿臉怒色，喝道：「便是這廝！」縱身出去，只聽得門外嗆啷啷幾聲響，兵刃落地。殷梨亭和莫聲谷正要搶出去相助師兄，只見張翠山右手抓住一條大漢的後心，提了進來，往地下重重一摔，怒道：「都是這廝壞的大事！」

莫聲谷聽是這人害得三師哥如此重傷，伸腳便往都大錦身上踢去。宋遠橋低喝：「且慢！」莫聲谷當即收腳。

只聽得門外有人叫道：「你武當派講理不講？我們好意求見，卻這般欺侮人麼？」宋遠橋眉頭微皺，伸手在都大錦後肩和背心拍了幾下，解開張翠山點了他的穴道，說道：「門外客人不須喧嘩，請稍待片刻，自當分辨是非。」這句話語氣威嚴，內力充沛。祝史兩鏢頭聽了，登時氣爲之懾，只道是張三丰出言喝止，那裏還敢囉唣？

宋遠橋道：「五弟，三弟如何受傷，你慢慢說，不用氣急。」張翠山向都大錦狠狠瞪了一眼，才將龍門鏢局如何受託護送俞岱巖來武當山、卻給六個歹人冒名接去之事說了。宋遠橋見都大錦這等功夫，早知決非傷害俞岱巖之人，何況既敢登門求見，自是心中不虛，當下和顏悅色的向都大錦詢問經過。

都大錦一一照實而說，最後慘然道：「宋大俠，我姓都的辦事不周，累得俞三俠遭此橫禍，自是該死。我們臨安滿局子的老小，這時還不知性命如何呢。」

張三丰一直雙掌貼著俞岱巖「神藏」、「靈台」兩穴，鼓動內力送入他體內，聽都大錦說到這裏，忽道：「蓮舟，你帶同聲谷，立即動身去臨安，保護龍門鏢局的老小。」

俞蓮舟答應了，心中一怔，但即明白師父慈悲之心，俠義之懷，那姓殷的客人既然說過，這件事中途若有半分差池，要殺得他龍門鏢局滿門鷄犬不留，這雖是一句恫嚇之言，但都大錦等好手均出外走鏢，倘若鏢局中當眞有甚危難，卻無人抵擋。

張翠山道：「師父，這姓都的胡塗透頂，三師哥給他害成這個樣子，咱們不找他麻煩，也就是了，怎能再去保護他的家小？」張三丰搖了搖頭，並不答話。宋遠橋道：「五弟，你怎地心胸這般狹窄？都總鏢頭千里奔波，爲的是誰來？」張翠山冷笑道：

「他還不是為了那二千兩黃金。難道他對俞三哥還存著甚麼好心？」

都大錦一聽，登時滿臉通紅，但捫心自問，所以接這趟鏢，也確是為了這筆厚酬。

宋遠橋喝道：「五弟，對客人不得無禮，你累了半天，快去歇歇罷！」武當門中，師兄威權甚大，宋遠橋為人端嚴，自俞蓮舟以下，人人對他極為尊敬，張翠山聽他這麼一喝，不敢再作聲了，但關心俞岱巖的傷勢，卻不去休息。宋遠橋道：「二弟，師父有命，你就同七弟連夜動程，事情緊急，不得躭誤。」俞蓮舟和莫聲谷答應了，各自去收拾衣物兵刃。

都大錦見俞莫二人要趕赴臨安去保護自己家小，心中一股說不出的滋味，抱拳向張三丰道：「張眞人，晚輩的事，不敢驚動俞莫二位，就此告辭。」

宋遠橋道：「各位今晚請在敝處歇宿，我們還有一些事請教。」他說話聲音平平淡淡，但自有一股威嚴，教人無法抗拒。都大錦只得默不作聲，坐在一旁。

俞蓮舟和莫聲谷拜別師父，依依不捨的望了俞岱巖幾眼，下山而去。兩人心頭極是沉重，也不知這一次是生離還是死別，不知日後是否還能和俞岱巖相見。

這時大廳中一片寂靜，只聽得張三丰沉重的噴氣和吸氣之聲，又見他頭頂熱氣繚繞，猶似蒸籠一般。約莫過了半個時辰，俞岱巖突然「啊」的一聲大叫，聲震屋瓦。都大錦嚇了一跳，偷眼瞧張三丰時，見他臉上不露喜憂之色，無法猜測俞岱巖這一聲大叫主何吉凶。

張三丰緩緩的道：「松溪、梨亭，你們抬三哥進房休息。」張松溪和殷梨亭抬了俞岱巖進房，回身出來。殷梨亭忍不住問道：「師父，三哥的武功能復原嗎？」張三丰嘆了一口長氣，隔了半晌，才道：「他能否保全性命，要一個月後方能分曉，但手足筋斷骨折，終是沒法再續。這一生啊，這一生啊……」說著淒然搖頭。殷梨亭突然哇的一聲，哭了出來。

張翠山霍地跳起，啪的一聲，便打了都大錦一個耳光。這一下出手如電，都大錦忙伸手擋格，但手臂伸出時，臉上早已中掌。張翠山怒氣難以遏制，左肘彎過，往他腰眼裏撞去。這一下仍是極快，但張松溪伸掌在張翠山肩頭一推，這一推也是極快，張翠山這肘槌便落了空。都大錦向後一讓，噹的一聲，一隻金元寶從他懷中落下地來。

張翠山左足挑起金元寶，伸手接住，冷笑道：「貪財無義之徒，人家送你一隻金元寶，你便將我三哥送給人家作踐……」話未說完，突然「咦」的一聲，瞧著金元寶上給捏出的五個指印，道：「大師哥，這……這是少林派的金剛指功夫啊。」

宋遠橋接過金元寶，看了片刻，遞給師父。張三丰將金元寶翻來覆去看了幾遍，和宋遠橋對望一眼，均不說話。張翠山大聲道：「師父，這是少林派的金剛指功夫。天下再沒第二個門派會這門功夫。是不是？是不是啊？」

在這一瞬之間，張三丰想起了自己幼時如何在少林寺藏經閣中侍奉師父覺遠禪師，如何和崑崙三聖何足道對掌，如何為少林僧眾追捕而逃上武當山，數十年間的往事，猶似電閃般在心頭一掠而過。他臉上一陣迷惘，從那金元寶上的指印看來，明明是少林派的金剛指法，張翠山說得不錯，方今之世，確是再無別個門派會這項功夫。自己武當派的功夫講究內力深厚，不練這類碎金裂石的硬功，而其餘外家門派，儘有威猛凌厲的掌力、拳力、臂力、腿力，以至頭槌、肘槌、膝槌、足槌，說到指力，卻均無這般造詣。聽得張翠山連問兩聲，心知倘若說出真相，門下眾弟子決不肯和少林派干休，如此武林中領袖羣倫的兩大門派，相互間便要惹起極大風波了。

張翠山見師父沉吟不語，知自己所料不錯，又追問：「師父，武林中是否有甚麼奇人異士，能自行練成這門金剛指力？」

張三丰緩緩搖頭，說道：「少林派累積千年，方得達成這等絕技，決非一蹴而至，就算是絕頂聰明之人，也沒法自創。」他頓了一頓，又道：「我當年在少林寺中住過，只未蒙傳授武功，直到此時，也不明白尋常血肉之軀如何能練到這般指力。」

宋遠橋眼中突然放出異樣光芒，大聲說道：「三弟的手足筋骨，便是給這金剛指力捏斷的。」殷梨亭「啊」的一聲，眼中又淚水長流。

都大錦聽說殘害俞岱巖的人竟是少林派弟子，更加驚惶，張大了口合不攏來，過了一陣才道：「不……決計不會的，我在少林寺中學藝十餘年，從未見過這個臉生黑痣之人。」宋遠橋凝視他雙眼，不動聲色的道：「六弟，你送都總鏢頭他們到後院休息，預備酒飯，囑咐老王好好招呼遠客，不可怠慢。」殷梨亭答應了，引導都大錦一行人走向後院。都大錦還想辯解幾句，但在這情景之下，卻一句話也說不出來了。

殷梨亭安頓了衆鏢師後，再到俞岱巖房中去，只見三師哥睜目瞪視，狀如白痴，那裏還是平時英爽豪邁的模樣，不由得一陣心酸，叫了聲「三哥」，流淚掩面奔出，衝入大廳，見宋遠橋等都坐在師父身前，於是挨著張翠山肩側坐下。

張三丰望著天井中的一棵大槐樹出神，搖頭道：「這事好生棘手，松溪，你說如何？」武當七弟子中以張松溪最爲足智多謀。他平素沉默寡言，但潛心料事，言必有中，自張翠山抱了俞岱巖上山，他雖心中傷痛，但一直在推想其中的過節，這時聽師父問起，說道：「據弟子想，罪魁禍首不是少林派，而是屠龍刀。」

張翠山和殷梨亭同時「啊」的一聲。宋遠橋道：「四弟，這中間的事理，你必已推想明白，快說出來再請師父示下。」

張松溪道：「三哥行事穩健，對人很夠朋友，決不輕易和人結仇。他去南方誅殺的那個劇盜，是個下三濫，爲武林人物所不齒，少林派絕不致爲了此人而下手傷害三哥。」張三丰點了點頭。張松溪又道：「三哥手足筋骨折斷，那是外傷，但在江南臨安府已身中劇毒。據弟子想，咱們首先要去臨安查詢三哥如何中毒、是誰下的毒手？」

張三丰點了點頭，道：「岱巖所中之毒，異常奇特，我還沒想出是何種毒藥。岱巖掌心有七個小孔，腰腿間有幾個極細的針孔。江湖之上，還沒聽說有那一個高手使這般歹毒暗器。」宋遠橋道：「這事也真奇怪，按常理推想，發射這細小暗器而令三弟閃避不及，必是一流好手，但眞正的一流高手，又怎能在暗器上餵這等毒藥？」

各人默然不語，心下均在思索，到底那一門那一派的人物是使這種暗器的？過了半晌，五人面面相覷，都想不起誰來。

張松溪道：「那臉生黑痣之人何以要捏斷三哥的筋骨？倘若他對三哥有仇，一掌便能將他殺了，若是要他多受痛苦，何不斷他脊骨，傷他腰肋？這道理很明顯，他是在用刑逼問三哥的口供。他要逼問甚麼呢？據弟子推想，必是爲了屠龍刀。都大錦說：那六人之中有一人問道：『屠龍刀呢？是在誰的手中？』」

殷梨亭道：「『武林至尊，寶刀屠龍。號令天下，莫敢不從。倚天不出，誰與爭鋒？』這句話傳了幾百年，難道時至今日，眞的出現了一把屠龍刀？」

張三丰道：「不是幾百年，最多不過七八十年，當我年輕之時，就沒聽過這幾句話。」

張翠山霍地站起，說道：「四哥的話對，傷害三哥的罪魁禍首，必是在江南一帶，咱們便找他去。但那少林派的惡賊下手如此狠辣，咱們也決計放他不過。」

張三丰向宋遠橋道：「遠橋，你說目下怎生辦理？」近年來武當派中諸般事務，張三丰都已交給了宋遠橋，這個大弟子處理得井井有條，早已不用師父勞神。他聽師父如此說，站起身來，恭恭敬敬的道：「師父，這件事不單是給三弟報仇雪恨，還關連著本派的門戶大事，倘若應付稍有不當，只怕引起武林中的一場大風波，還得請師父示下。」

張三丰道：「好！你和松溪、梨亭二人，持我的書信到嵩山少林寺去拜見方丈空聞禪師，告知此事，請他指示。這件事咱們不必插手，少林門戶嚴謹，空聞方丈望重武林，必有妥善處置。」宋遠橋、張松溪、殷梨亭三人一齊肅立答應。

張松溪心想：「倘若只不過送一封信，單是差六弟也就夠了。師父命大師哥親自出馬，還叫我同去，其中必有深意，想來還防著少林寺護短不認，叫我們相機行事。」果然張三丰又道：「本派與少林派之間，情形很有點兒特異。我是少林寺的逃徒，這些年來，總算他們瞧著我一大把年紀，不上武當山來抓我回去，但兩派之間，總存著芥蒂。」說到這裏，莞爾一笑，又道：「你們上少林寺去，對空聞方丈固當恭敬，但也不能墮了本門的聲名地位。」宋張殷三弟子齊聲答應。

張三丰轉頭對張翠山道：「翠山，你明兒動身去江南，設法查詢，一切聽二師哥的吩咐。」張翠山垂手答應。

張三丰道：「今晚這杯壽酒也不用再喝了。一個月之後，大家在此聚集，岱巖倘若不治，師兄弟們也可和他再見上一面。」他說到這裏，不禁淒然，想不到威震武林數十載，臨到九十之年，心愛的弟子竟爾遭此不幸。殷梨亭伸袖拭淚，到後來竟忍不住放聲大哭。張三丰袍袖一揮，道：「大家去睡罷。」

宋遠橋勸道：「師父，三師弟一生行俠仗義，積德甚厚，常言道吉人自有天相，老天爺有眼，總不該讓他……讓他……」但說到後來，眼淚已滾滾而下，知道若再相勸，只有徒增師父傷感，於是和諸師弟向師父道了安息，分別回房。

注：據史籍載，張三丰之七名弟子爲宋遠橋、俞蓮舟、俞岱巖、張松溪、張翠山、殷利亨、莫聲谷七人。殷利亨之名當取義於《易經》「元亨利貞」，本書初版即用原名，但與其餘六人不類，且有不少人誤書爲「殷亨利」，茲就其形似而改名爲「梨亭」。另據澳洲國立大學柳存仁教授考據，明代有武人名張松溪，當存其說。

只見師父臨空以手指書寫，筆劃漸長，手勢卻越來越慢，到後來縱橫開闔，宛如施展拳腳一般。二十四個字合在一起，分明是一套高明武功，每一字包含數招，便有數般變化。

四　字作喪亂意彷徨

張翠山滿懷傷痛惱怒，難以發洩，在床上躺了一個多時辰，悄悄起身，決意去打都大錦一頓出口氣。他生怕大師兄、四師兄干預，不敢發出聲息，將到大廳時，見廳上一人背負著雙手，不停步的走來走去。黑暗朦朧中見這人身長背厚，步履凝重，正是師父。張翠山藏身柱後，不敢走動，心知即令立刻回房，也必爲師父知覺，他查問起來，自當實言相告，不免招來一頓訓斥。

只見張三丰走了一會，仰視庭除，忽然伸出右手，在空中一筆一劃的寫起字來。張三丰文武兼資，吟詩寫字，弟子們司空見慣，也不以爲異。張翠山順著他手指的筆劃瞧去，原來寫的是「喪亂」兩字，連寫了幾遍，跟著又寫「荼毒」兩字。張翠山心中一動：「師父是在空臨〈喪亂帖〉。」他外號叫做「銀鉤鐵劃」，原是因他左手使爛銀虎頭鉤、右手使鑌鐵判官筆而起，他自得了這外號後，深恐名不副實，爲文士所笑，於是潛心學書，眞草隸篆，一一遍習。這時見師父指書的筆致無垂不收，無往不復，正是王羲之〈喪亂帖〉的筆意。

這〈喪亂帖〉張翠山兩年前也曾臨過，雖覺其用筆縱逸，清剛峭拔，總覺不及〈蘭亭詩序帖〉、〈十七帖〉各帖的莊嚴肅穆，氣象萬千。這時他在柱後見師父以手指臨空連書「羲之頓首：喪亂之極，先墓再離荼毒，追惟酷甚」這十八個字，一筆一劃之中充滿了佛鬱悲憤之氣，登時領悟了王羲之當年書寫這〈喪亂帖〉時的心情。

王羲之是東晉時人，其時中原板蕩，淪於異族，王謝高門，南下避寇，於喪亂之餘，先人墳墓一再慘遭損毀，自是說不出滿腔傷痛，這股深沉的心情，盡數隱藏在〈喪亂帖〉中。張翠山翩翩年少，無牽無憂，從前怎能領略到帖中的深意？這時身遭師兄存亡莫測的大禍，方懂得了「喪亂」兩字、「荼毒」兩字、「追惟酷甚」四字。

張三丰寫了幾遍，長長嘆了口氣，步到中庭，沉吟半晌，伸出手指，又寫起字來。這一次寫的字體又自不同。張翠山順著他手指的走勢看去，但見第一字是個「武」字，第二字寫了個「林」字，一路寫下來，共是二十四字，正是適才提到過的那幾句話：「武林至尊，寶刀屠龍。號令天下，莫敢不從。倚天不出，誰與爭鋒？」想是張三丰正自琢磨這二十四個字中所含的深意，推想俞岱巖因何受傷？此事與屠龍刀、倚天劍這兩件傳說中的神兵利器到底有甚麼關連？

只見他將那二十四個字一遍又一遍翻來覆去的書寫，筆劃越來越長，手勢卻越來越慢，到後來縱橫開闔，宛如施展拳腳一般。張翠山凝神觀看，不禁又驚又喜，師父所寫的二十四個字合在一起，分明是一套高明武功，每一字包含數招，便有數般變化。「龍」字和「鋒」字筆劃甚多，「刀」字和「下」字筆劃甚少，但筆劃多的不覺其繁，筆劃少的不見其陋，其縮也凝重，似尺蠖之屈，其縱也險勁，如狡兔之脫，淋漓酣暢，雄渾剛健，俊逸處似風飄，似雪舞，厚重處如虎蹲，如象步。這二十四個字中共有兩個「不」字、兩個「天」字，但兩字寫來形同而意不同，氣似而神不似，變化之妙，又各具一功。張翠山目眩神馳，隨即潛心記憶。

近年來張三丰極少顯示武功，殷梨亭和莫聲谷兩個小弟子的功夫大都是宋遠橋和俞蓮舟代授，因此張翠山雖是他的第五名弟子，其實已是他親授武功的關門弟子。從前張翠山修爲未到，雖見到師父施展拳劍，往往未能體會到其中博大精深之處。近年來他武學大進，這一晚兩人更心意相通，情致合一，以遭喪亂而悲憤，以遇荼毒而怫鬱。張三丰情之所至，將二十四個字演爲一套武功。他書寫之初原無此意，而張翠山在柱後見到更屬機緣巧合。師徒倆心注神會，沉浸在武功與書法相結合、物我兩忘的境界之中。

這一套拳法，張三丰一遍又一遍的翻覆演展，足足打了兩個多時辰，待到月臨中天，他長嘯一聲，右掌直劃下來，當眞是星劍光芒，如矢應機，霆不暇發，電不及飛，這一直乃「鋒」字最後一筆。張三丰仰天遙望，說道：「翠山，這路書法如何？」

張翠山吃了一驚，想不到自己躲在柱後，師父雖不回頭，卻早知道了，走到廳口，躬身道：「弟子得窺師父絕藝，當眞大飽眼福。我去叫大師哥他們出來一齊瞻仰，好麼？」張三丰搖頭道：「我興致已盡，只怕再也寫不成那樣的好字了。遠橋、松溪他們不懂書法，便看了也領悟不多。」說著袍袖一揮，進了內堂。

張翠山不敢去睡，生怕著枕之後，適才所見到的精妙招術就此忘了，當即盤膝坐下，一筆一劃、一招一式的默默記憶，當興之所至，便起身試演幾手。也不知過了多少時候，才將那二十四字二百一十五筆中的騰挪變化盡記在心。

他躍起身來，習練一遍，自覺揚波搏擊，雁飛鵰振，延頸協翼，勢似凌雲，全身都輕飄飄的，有如騰雲駕霧一般，最後一掌直劈，呼的一響，將自己的衣襟掃下一大片來。張翠山心下驚喜，驀回頭，只見日頭晒在東牆。他揉了揉眼睛，只怕看錯了，一定神，才知日已過午，原來潛心練功，不知不覺的已過了大半天。

張翠山伸袖抹抹額頭汗水，奔至俞岱巖房中，只見張三丰雙掌按住俞岱巖胸腹，正自運功爲他療傷。張翠山出來一問，才知宋遠橋、張松溪、殷梨亭三人一早便去了，各人見他靜坐默想，都不來打擾他用功。龍門鏢局的一干鏢師也已下山。張翠山這時全身衣履都浸濕了汗水，但急於師兄之仇，不及沐浴更衣，帶了隨身的兵刃衣服，拿了幾十兩銀子，又至俞岱巖房中，說道：「師父，弟子去了。」張三丰點了點頭，微微一笑，意示鼓勵。

張翠山走近床邊，見俞岱巖滿臉灰黑之氣，顴骨高聳，雙頰深陷，眼睛緊閉，除了鼻中尚在微微呼吸之外，直與死人無異。他心中酸痛，哽咽道：「三哥，我便粉身碎骨，也要爲你報仇。」說著跪下向師父磕了個頭，掩面奔出。

他騎了那匹長腿青驄馬，疾下武當，這日天時已晚，只行了五十餘里天便黑了。他剛投店，天空烏雲密布，接著便下起傾盆大雨來。這一場雨越下越大，直落了一晚竟不停止。次日清晨起來，但見四下裏霧氣茫茫，耳中只聽到殺殺雨聲。張翠山向店家買了簑衣笠帽，冒雨趕路。虧得那青驄馬甚爲神駿，大雨之中，道路泥濘滑溜，但仍奔馳迅捷。

趕到老河口過漢水時，但見黃浪混濁，江流滾滾，水勢兇險。一過襄樊，便聽得道路傳言，說道下游流水溝決了堤，傷人無數。這一日來到宜城，只見水災的難民拖兒帶女的逃了上來，情況可憐，大雨兀自未止，人人淋得甚爲狼狽。

張翠山正行之間，見前面一行人騎馬趕路，鏢旗高揚，正是龍門鏢局的衆鏢師。張翠山催馬上前，掠過了鏢隊，迴馬過來，攔在當路。

都大錦見是張翠山追到，心下驚惶，結結巴巴的道：「張……張五俠有何見教？」張翠山道：「水災的難民，都總鏢頭瞧見了麼？」都大錦沒料到他會問這句話，怔了一怔，道：「怎麼？」張翠山冷笑道：「要請善長仁翁，拿些黃金出來救濟災民啊。」都大錦臉上變色，道：「我們走鏢之人，在刀尖子上賣命混口飯吃，有甚麼力量賑濟救災？」張翠山低沉著嗓子道：「你把囊中那二千兩黃金，都給我拿出來。」都大錦手握刀柄，說道：「張五俠，你今日硬找上我姓都的了？」張翠山道：「不錯，我吃定你啦！」

祝史兩鏢頭各取兵刃，和都大錦並肩而立。張翠山仍空著雙手，嘿嘿冷笑，說道：「都總鏢頭，你受人之祿，可曾忠人之事？這二千兩黃金，虧你有臉放在袋裏？」

都大錦一張臉脹成了紫醬色，說道：「俞三俠可不是已經到了武當山？當我們接到俞三俠時，他早已身受重傷，這時候可也沒死。」張翠山大怒，喝道：「你還強辯！我俞三哥從臨安出來時，可是手足折斷麼？」都大錦默然。

史鏢頭插口道：「張五俠，你到底要怎樣？劃下道兒來罷！」張翠山道：「我要將你們的手骨腳骨也折得寸寸斷絕。」這句話一出口，倏地躍起，飛身而前。史鏢頭舉棍欲擊，張翠山左手一揮一掠，使出新學的那套武功，正是「天」字訣的一撇。史鏢頭棍棒脫手，倒撞下馬。祝鏢頭待要退縮，卻那裏來得及？張翠山右手使出「天」字的一捺，手指掃中他腰肋，砰的一聲，將他連人帶鞍，摔出丈餘。原來祝鏢頭雙足牢牢鉤在鞍鐙之中，但張翠山這一捺勁道凌厲之極，馬鞍下的肚帶給他一掃迸斷，祝鏢頭足不離鐙，跌得爬不起來。

都大錦見他出手如此矯捷，一驚之下，提韁催馬向前急衝。張翠山轉身吐氣，左拳送出，卻是「下」字訣的一直，啪的一聲，已擊中他後心。都大錦身子一晃，他武功可比祝史二鏢頭高得多了，並不摔下馬來，惱怒之下，立即下馬，正擬出手還擊，突然間喉頭一甜，哇的一聲，噴出一口鮮血。他腳下一個踉蹌，吸一口氣，只覺胸口又有熱血湧上，雖是要強，卻也支持不住，雙膝軟了，坐倒在地。

鏢行中其餘四名青年鏢師和眾趟子手只驚得目瞪口呆，那敢上前相扶？

張翠山初時怒氣勃勃，原想把都大錦等一干人個個手足折斷，出一口胸中惡氣，待見自己隨手一掌一拳，竟將三個鏢師打得如此狼狽，都大錦更身受重傷，不禁暗暗驚異，自己事先絲毫沒想到，這套新學的二十四字「倚天屠龍功」竟有如斯巨大威力，心腸不禁軟了，便不想再下辣手，說道：「姓都的，今日我手下容情，打到你這般地步，也就夠了。你把囊中的二千兩黃金，盡數取將出來救濟災民。我在暗中窺探，只要你留下一兩八錢，我拆了你的龍門鏢局，將你滿門殺得鷄犬不留。」最後這兩句話是他聽都大錦轉述的，這時忽然想到，隨口說了出來。

都大錦緩緩站起，但覺背心劇痛，略一牽動，又吐出一口鮮血。史鏢頭卻只受了些皮肉外傷，自知決非張翠山的對手，嘴頭上再也不敢硬了，說道：「張五俠，我們雖然受了人家的鏢金，但這一趟道中出了岔子，須得將金子還給人家。再說，那些金子存在鏢局子裏，我們身在異鄉，這當口又怎有錢來救濟災民。」

張翠山冷笑道：「你欺我是小娃娃嗎？你們龍門鏢局傾巢而出，臨安府老家沒留下好手看守，這黃金自是隨身攜帶。」他向鏢隊一行人瞧了幾眼，走到一輛大車旁邊，手起一掌，喀喇喇幾聲響，車廂碎裂，跌出十幾隻金元寶來。

眾鏢師臉上變色，相顧駭然，不知他何以竟知道這藏金之處。原來張翠山年紀雖輕，但隨著眾師兄行俠天下，江湖上的事見得多了。他見這輛大車在爛泥道中輪印最深，而四名青年鏢師眼見都大錦中拳跌倒，並不上前救助，反而齊向這輛大車靠攏，可想而知車中定是藏著貴重之物，眼見黃金跌得滿地，冷笑幾聲，翻身上馬，逕自去了。

適才這件事做得甚是痛快，料想都大錦等念著家中老小，不敢不將二千兩黃金拿來救濟災民。張翠山一面趕路，一面默想那二十四個字中的招數變化。他在那天晚上學招有如臨帖，只覺師父所使的招數奇妙莫測，豈知一經施展，竟具如斯神威，眞比撿獲了無價之寶還快活十倍，然一想到俞岱巖生死莫測，不禁又淚水滿眶。

大雨中連接趕了幾日路，那青驄馬雖然壯健，卻也支持不住了，到得安徽省地界，忽地口吐白沫，發起燒來。張翠山愛惜牲口，只得休馬數日，再緩緩而行。這麼一來，到得臨安府時已是四月三十傍晚。

張翠山投了客店，尋思：「我在道上走得慢了，不知都大錦他們是否已回鏢局？二哥和七弟不知落腳何處？我已跟鏢局子的人破了臉，不便逕去拜會，今晚且上鏢局一探。」

用過晚膳，向店伴一打聽，得知龍門鏢局坐落在裏西湖畔。他到街上買了一套衣巾，又買一把臨安府馳名天下的摺扇，在澡堂中洗了浴，命待詔理髮梳頭，周身煥然一新，對鏡照去，儼然是個濁世佳公子，卻那裏像是個威揚武林的俠士？借過筆墨，想在扇上題些詩詞，但一拿到筆，自然而然的便寫下了那「倚天屠龍」的二十四字，一筆一劃，無不力透紙背。寫罷持扇一看，自覺得意，心道：「學了師父這套拳法之後，竟連書法也大有長進了。」輕搖摺扇，踱著方步，逕往裏西湖而去。

此時宋室淪亡，臨安府已陷入蒙古人之手。蒙古人因臨安是南宋都城，深恐人心思舊，民戀故君，特駐重兵鎮壓。蒙古兵爲了立威，比在他處更加殘暴，因此城中十室九空，居民泰半遷移到了別處。百年前臨安城中戶戶垂楊、處處笙歌的盛況，早已不可復睹。張翠山一路行來，但見到處斷垣殘瓦，滿眼蕭索，昔年繁華甲於天下的一座名城已幾若廢墟。其時天未全黑，但家家閉戶，街上稀見行人，唯見蒙古騎兵橫衝直撞，往來巡邏。張翠山不欲多惹事端，一聽到蒙古巡兵鐵騎之聲，便縮身在牆角小巷相避。

他聽說昔時一到夜晚，便滿湖燈火，但這時走上白堤，只見湖上一片漆黑，竟沒一個遊人。他依著店小二所言途徑，尋覓龍門鏢局的所在。

那龍門鏢局是座一連五進的大宅，面向裏西湖，門口蹲著一對白石獅子，氣象威武。張翠山遠遠便即望見，慢慢走近，只見鏢局門外湖中停泊著一艘遊船，船頭掛著兩盞碧紗燈籠，燈光下依稀見有一人據案飲酒。張翠山心道：「這人倒有雅興！」見鏢局外懸著的大燈籠中沒點燃蠟燭，朱漆銅環的大門緊緊關閉，想是鏢局中人都已安睡。

張翠山走到門前，心道：「一個月之前，有人送三哥經這大門而入，卻不知那人是誰？」心中一酸，忽聽得背後有人幽幽嘆了口氣。

這一下嘆息，在黑沉沉靜夜中聽來，大有森森鬼氣，張翠山霍地轉身，背後竟沒一人，遊目環顧，除了湖上小舟中那單身遊客之外，四下裏寂無人影。張翠山微覺驚訝，斜睨舟中遊客，只見他青衫方巾，和自己一樣，也作文士打扮，朦朧中看不清他面貌，只見他側面臉色甚爲蒼白，給碧紗燈籠一照，映著湖中綠波，寒水孤舟，冷冷冥冥，竟不似塵世間人。但見他悄坐舟中，良久良久，除了風拂衣袖，竟一動也不動。

張翠山本想從黑暗處越牆而入鏢局，但見了舟中那人，覺得夜踰人垣未免不夠光明正大，於是走到鏢局大門外，拿起門上銅環，噹噹噹的敲了三下。靜夜之中，這三下擊門聲甚爲響亮。隔了好一陣，屋內無人應門。張翠山又擊三下，聲音更響了些，但側耳傾聽，屋內竟無腳步之聲。他大爲奇怪，伸手在大門上一推，那門無聲無息的開了，原來裏面竟沒上閂。他邁步而入，朗聲問道：「都總鏢頭在家麼？」說著走進大廳。

廳中黑沉沉地並無燈燭，便在此時，忽聽得砰的一聲響，大門竟關上了。

張翠山心念一動，躍出大廳，見大門已緊緊閉上，而且上了橫閂，顯是屋中有人。張翠山嘿嘿冷笑，心想：「鬧甚麼玄虛？」索性便大踏步闖進廳去。

一踏進廳門，前後左右風聲颯然，有四人搶上圍攻。張翠山斜身躍開。黑暗中白光微閃，見這四人手中都拿著兵刃。他一個左拗步，搶到了西首，右掌自左向右平平橫掃，啪的一聲，打在一人的太陽穴上，登時將那人擊暈，跟著左手自右上角斜揮左下角，擊中了另一人的腰肋。這兩下是「不」字訣的一横一撇。他兩擊得手，左手直鉤，右拳砰的一「點」，四筆寫成了個「不」字，將四名敵人盡數打倒。

他不知暗伏廳中忽施襲擊的敵手是何等樣人，因此出手並不沉重，每一招都只使上了三分勁力。第四個給他一「點」中拳的敵人退出幾步，喀喇一響，壓碎了一張椅子，喝道：「你如此狠毒，下這等辣手，是男兒漢大丈夫便留下姓名。」張翠山笑道：「我若真施辣手，你那裏還有命在？在下武當張翠山便是。」那人「咦」的一聲，似乎甚是驚異，說道：「你當眞是武當派的張五……張五……銀鉤鐵劃張翠山？可不是冒名罷？」

張翠山微微一笑，伸手到腰間摸出兵刃，左手爛銀虎頭鉤，右手鑌鐵判官筆，兩件兵刃相交一擊，嗆啷啷一陣響亮，爆出幾點火花，隨即將兵刃插還腰間。

這火花一閃之間，張翠山已看清眼前跌倒的四人身穿黃色僧衣，原來都是和尙。那四個僧人中有兩人面向著他，也見到了他的相貌。張翠山見這兩個僧人滿臉血污，眼光中流露出極度怨毒的神色，眞似恨不得食己之肉、寢己之皮一般，奇道：「四位大師是誰？」只聽一個僧人叫道：「這血海深仇，非今日能報，走罷！」說著四僧站起身來，往外便走，其中一人腳步踉蹌，走了幾步，摔倒在地，想是給張翠山擊得重了。兩個僧人返身扶起，奔出廳外。

張翠山叫道：「四位慢走！甚麼血海……」話未說完，四個僧人已越牆而出。

張翠山覺得今晚之事大是蹊蹺，沉思半晌，想不出一個所以然來，怎麼龍門鏢局之中竟埋伏著四個和尙？自己一進門便忽施突襲，又說甚麼「血海深仇」？心想：「只有詢問鏢局中人，方能釋此疑團。」提聲又叫：「都總鏢頭在家麼？都總鏢頭在家麼？」大廳空曠，隱隱傳來回聲，鏢局中竟沒人答應。

他心道：「決不能都睡得死人一般。難道是怕了我，躲了起來？又難道是人人出去避難，鏢局中沒了人？」從身邊取出火摺晃亮了，見茶几上放著一隻燭台，便點亮蠟燭，走向後堂，沒走得幾步，便見地下俯伏著一個女子，僵臥不動。張翠山叫道：「大姐，怎麼啦？」那女子仍然不動。張翠山扳起她肩頭，將燭台湊過去一照，不禁一聲驚呼。

只見這女子臉露笑容，但肌肉僵硬，已死去多時。張翠山手指碰到她肩頭之時，已料到這女子或許已死，然而死人臉上竟一副笑容，黑夜中斗然見到，禁不住吃了一驚。他站直身子，只見左前柱子後又僵臥著一人，走過去看時，是個僕役打扮的老者，也是臉露傻笑，死在當地。

張翠山心中大奇，左手從腰間拔出虎頭鉤，右手高舉燭台，一步步的四下察看，但見東一個、西一個，裏裏外外，一共死了數十人，當眞是屍橫遍地，偌大一座龍門鏢局，竟沒留下一個活口。張翠山行走江湖，生平慘酷的事也見了不少，但驀地裏見到這等殺滅滿門的情景，禁不住心中怦怦亂跳，只見自己映在牆上的影子不住抖動，原來手臂發戰，燭火搖晃，映照得影子也顫抖起來。

他橫鉤悄立，猛地想起了兩句話：「路上若有半分差池，我殺得你龍門鏢局滿門鷄犬不留。」眼前龍門鏢局中人人皆死，顯是因都大錦護送俞岱巖不力之故，思忖：「那人下此毒手，皆因三哥而起，由此推想，他該當是三哥極要好的朋友。此人本領既高出都大錦甚多，又知此行途中可能會遇上凶險，然則他何不親自送來武當？三哥仁俠正直，嫉惡如仇，又怎能和這等心如蛇蝎之人交上朋友？」越想疑團越多，舉步從西廳走出。燭光下只見兩名黃衣僧人背靠牆壁，瞪視著自己露齒而笑。

張翠山急退兩步，按鉤喝道：「兩位在此何事？」見兩名僧人全不動彈，這才醒悟，原來兩人也早死了，突然心下一涼，叫道：「啊喲，不好！血海深仇，血海深仇……」適才那四名僧人說甚麼「你如此狠毒，下這等辣手，是男兒漢大丈夫便留下姓名。」又說：「這血海深仇，非今日能報。」看來龍門鏢局這筆數十口的血債，都要算在自己頭上了。當時自己不明就裏，不但親報姓名，還露出仗以成名的銀鉤鐵劃兵刃。那四名黃衣僧人卻是甚麼來歷？

適才自己出手太快，只使了「不」字訣的四筆，便將四僧一一擊倒，沒來得及察看對方武功家數，但四僧撲擊時勁力剛猛，顯是少林派外家路子。都大錦是少林子弟，這些少林僧多半是應龍門鏢局之邀前來赴援，卻不知俞二哥和莫七弟到了何處，師父命他們前來保護龍門鏢局的老小，怎地以二哥之能，還是給人下了手去？

張翠山沉吟半晌，疑團絲毫不解，尋思：「這四名少林僧一去，少林派自非找上我不可，但此事總有水落石出的一日，眞兇到底是誰，少林武當兩派聯手，決無訪查不出之理。這裏一切且莫移動，眼下找到二哥和七弟要緊。」吹滅燭火，走到牆邊，躍牆而出。

人未落地，呼的一聲巨響，一件重兵刃攔腰橫掃而來，有人喝道：「張翠山，躺下了！」張翠山人在半空，無法閃避，敵人這一擊既狠且勁，危急之中，伸左掌在敵人兵刃上一按，一借力，輕輕巧巧的翻上了牆頭，這一招乃是「武」字訣中的一「戈」，正所謂「差池燕起，振迅鴻飛，臨危制節，中險騰機」，當千鈞一髮之際，轉危爲安。他在無可奈何中行險僥倖，想不到新學的這套功夫重似崩石，輕如游霧，竟絕不費力的便化解了敵人雷霆般的一擊。他左足踏上牆頭，判官筆已取在右手，敵人適才這攔腰一擊，剛猛勁狠，實是不可輕視的好手。

那出手襲擊之人見張翠山居然能如此從容的避開，也大出意料之外，忍不住「咦」的一聲，喝道：「好小子，眞有兩下子！」張翠山左鉤右筆，橫護前心，鉤頭和筆尖都斜向下方，這一招叫做「恭聆教誨」，乃與武林前輩對敵之時的謙敬表示。對方如此驀地出手，張翠山若不是無意間跟師父學了一套從書法中化出來的武功，早已腰斷骨折，身受重傷，他雖氣惱，仍謹守師訓，對武林好手不敢失禮。

黑暗中但見牆下一左一右分站兩名身穿黃袍的僧人，每人手中都執著一根粗大禪杖。左首那僧人將禪杖在地下一頓，噹的一聲巨響，說道：「張翠山，你武當七俠也算是江湖上的成名人物，如何行事這等毒辣？」

張翠山聽他直斥己名，既不稱「張五俠」，也不叫一聲「張五爺」，心頭有氣，冷冷的道：「大師不問情由，不問是非，躲在牆下偷偷摸摸的忽施襲擊，這也算英雄好漢的行逕嗎？少林派武功馳名天下，想不到暗算手段也另有獨得之秘。」

那僧人怒吼一聲，橫挺禪杖，躍向牆頭，人未到，杖頭已然襲到。張翠山但覺一股勁風點至胸口，虎頭鉤斜帶，封住禪杖來勢，判官筆疾點而出，噹的一聲，筆尖逕砸杖身。那僧人只覺手臂劇震，竟爾站不上牆頭，重又落地。此招一交，張翠山只覺雙臂發痲，原來這僧人膂力奇大，喝問：「兩位是誰？請通法號！」

右首那僧人緩緩的道：「貧僧圓音，這是我師弟圓業。」張翠山倒垂鉤筆，拱手道：「原來是少林派『圓』字輩的兩位大師，小可久仰清名，不知有何見教？」

圓音說話似有氣沒力，呼呼喘急，說道：「這事關涉少林武當兩派的門戶大事，貧僧師兄弟是少林派後輩，沒份說甚麼話，今日既撞上了這事，只想請問，龍門鏢局男女數十口，還有我兩個師姪，都死在張五俠手下。常言道人命關天，如何善後，要請張五俠示下。」他說話似乎辭意謙抑，其實咄咄逼人，為人比圓業厲害得多。

張翠山冷笑道：「龍門鏢局中的命案是何人所為，小可也正大感奇怪。大師一口咬定是小可下的毒手，可是大師親眼所見麼？」圓音叫道：「慧風，你來跟張五俠對質。」

樹叢後走出四名黃衣僧人，正是適才在鏢局中給張翠山一招「不」字訣擊倒的四僧。那法名慧風的僧人躬身道：「啓稟師伯，龍門鏢局數十口性命，還有慧通、慧光兩位師兄，都是……這姓張的惡賊下的手。」圓音道：「你們可是親眼所見？」慧風道：「確是親眼所見，若不是弟子四人逃得快，也都已死在這惡賊手下。」圓音道：「佛門弟子可不能打誑，此事關連我少林和武當兩大門派，你千萬胡說不得。」慧風雙膝跪地，合什說道：「我佛在上，弟子慧風所云，實是眞情，決不敢欺矇師伯。」圓音道：「你將眼見的情景，一一說來。」張翠山聽到這裏，從牆頭上飄身而下。

圓業只道張翠山要加害慧風，揮動禪杖疾向他頭頸間掃去。張翠山頭一低，搶步上前，已轉到了慧風身後。圓業一擊不中，按著這伏魔杖的招數，本當帶轉禪杖，迴擊張翠山肩頭，但他此時已站在慧風身後，禪杖倘若迴打，勢須先擊到慧風，一驚之下，硬生生的收住禪杖，喝道：「你待怎地？」

張翠山道：「我要仔仔細細的聽一聽，聽他說怎生見到我殺害鏢局中人。」

慧風見張翠山欺近自己身旁，相距不過兩尺，他只須手中兵刃一動，自己立時喪命，雖有兩位師伯在旁，卻也相救不及，但他心中憤怒，竟凜然不懼，朗聲說道：「圓心師叔在江北接到都大錦師兄求救告急的書信，當即派慧通、慧光兩位師兄星夜啓程赴援，其後又傳來號令，命弟子帶同三名師弟，趕來龍門鏢局。我們一進鏢局，慧光師兄就說今夜恐有強敵到來，命我們四人埋伏在東邊照牆之下應敵，又說小心別中了敵人的調虎離山之計，不可隨便走動。」圓音道：「後來怎樣？說下去！」

慧風道：「天黑之後沒多久，便聽得慧通師兄呼叱喝罵，與人在後廳動手，接著他長聲慘呼，似乎身受重傷。我忙奔過去，只見他……他已然圓寂，這姓張的惡賊……」他說到這裏，霍地站起，伸著手指，直點到張翠山的鼻尖上，跟著道：「我親眼見你一掌把慧光師兄推到牆上，將他撞死。我自知不是你這惡賊的敵手，便伏在窗上，只見你直奔後院殺人，接著鏢局子的八人從後院逃了出來，你跟蹤追到，伸指一一點斃，直至鏢局中滿門老少給你殺得清光，你才躍牆出去。」

張翠山一動不動的站住，慧風講得口沫橫飛，不少唾珠濺到他臉上。他既不閃避，也不出手，只冷冷的問：「後來怎樣？」

慧風憤然道：「後來麼？後來我回到東牆，和三位師弟商量，都覺你武功太強，我們四人敵你不過，只有瞧瞧情形再說。那知等不了多久，你居然又破門而入，這次卻是指名道姓的找都總鏢頭來著。我們四人明知送死，卻也要跟你一拚。我問你姓名，你不是自報名號，叫做『銀鉤鐵劃張翠山』麼？我初時還不能相信，只道你名列『武當七俠』，不該做出這等殺人不眨眼的邪惡勾當來，但你自露兵刃，那難道是假的麼？」

張翠山道：「我自報姓名、露出兵刃，此事半點不假，你們四位確也是我出手打倒。但你再說一遍：這鏢局中數十口性命，確是你親眼瞧見我姓張的所殺！」

圓音衣袖一揮，將慧風身子帶起，推出數尺，森然道：「你便再說一遍，要教這位名震天下的張五俠無可抵賴。」他揮袖將慧風推開，是使他身離險地，免得張翠山惱怒之下，突然殺人滅口，那可死無對證了。

慧風道：「好，我便再說一遍，我親眼目睹，見到你出掌擊死慧光、慧通兩位師兄，見到你出指點死鏢局的八人。」張翠山道：「你瞧清楚了我的面貌麼？我是穿這一身衣服麼？」說著晃亮火摺，在自己臉上照一照。慧風瞪視著他的面容，恨恨的道：「你就是穿這身衣服，長袍方巾，不錯，你那時左手拿著一把摺扇，這把扇子，現下你插在頭頸裏啦！」

張翠山惱怒如狂，不知他何以要誣陷自己，高舉火摺，走上兩步，喝道：「你有種便再說一遍，殺人者便是我張翠山，不是旁人！」

慧風雙眼中突然發出奇異的神色，指著張翠山道：「你……你……你不……」猛地裏身子翻倒，橫臥在地。圓音和圓業同聲驚呼，一齊搶上扶起，只見他雙目大睜，滿臉惶惑驚恐之色，卻已氣絕而死。

圓音叫道：「你……你又殺了他！」這一下變起倉卒，圓音和圓業固然驚怒交集，張翠山也大出意料之外，急忙回頭，只見身後的樹叢輕輕一動。張翠山喝道：「慢走！」縱身躍起，明知樹叢中有人隱伏，竄下去極是危險，但勢逼處此，若不擒住暗箭傷人的兇手，自己難脫干係。

那知他身在半空，只聽得身後呼呼兩響，兩柄禪杖分從左右襲到，同時聽到兩僧喝道：「惡賊休逃！」張翠山筆鉤下掠，反手使出一記「刀」字訣，銀鉤帶住圓業的禪杖杖頭，判官筆的一撇在圓音禪杖上點落，身子借勢竄起，躍上了牆頭，凝目瞧樹叢時，只見樹梢兀自輕晃，隱伏之人已影蹤不見。

圓業怒吼連連，揮動禪杖便要躍上牆來拚命。張翠山喝道：「追趕正兇要緊，兩位休得阻攔！」圓音氣喘喘的道：「你……你在我眼前殺人，還想抵賴甚麼？」張翠山揮動虎頭鉤，逼得圓業無法上牆。

圓音道：「張五俠，咱們今日也不要你抵命，你拋下兵刃，隨我們去少林寺罷。」張翠山怒道：「你二人阻手礙腳，放走了兇手，還在這裏纏夾不清。我跟你們去少林寺幹麼？」圓音道：「去少林寺聽由本寺方丈發落，你連害本寺三條人命，這樣的大事，我也做不得主。」張翠山冷笑道：「枉你身爲少林派『圓』字輩好手，兇手在你眼前逃走，居然毫無知覺。」圓音道：「善哉，善哉！你傷害人命，決不容你逃走。」

張翠山聽他口口聲聲硬指自己是兇手，愈益惱怒，一面跟他鬥口，一面和圓業拆招，冷笑道：「兩位大師有本事便擒得我去！」圓業禪杖在地下一撐，借力躍起，張翠山跟著縱起，他輕功可比圓業高得多了，凌空下擊，捷若御風。圓業橫杖欲擋，張翠山虎頭鉤轉過，嗤的一聲，圓業肩頭中鉤，鮮血長流，負痛吼叫，摔下地來。這一下還是張翠山手下留情，否則鉤頭稍偏，鉤中他的咽喉，圓業當場便得送命。

圓音叫道：「圓業師弟，傷得重嗎？」圓業怒道：「不礙事！你還不出手，婆婆媽媽的幹甚麼？」圓音咳嗽一聲，運杖上擊。圓業甚爲悍勇，竟不裹紮肩頭傷口，舞杖如風，雙雙夾擊。張翠山見這兩僧膂力甚強，所使又是沉重兵刃，倘若給他們躍上牆頭，自己以一敵二，倒也不易取勝，當下嚴守門戶，居高臨下，兩僧始終沒法攻上。「慧」字輩的三僧武功低得多了，眼見兩位師伯久戰無功，欲待上前相助，又怎有插手處？

張翠山心道：「爲今之計，須得查明眞兇，沒來由跟他們糾纏不清。」筆鉤橫交，封閉敵招來勢，一聲清嘯，正要躍起，忽聽得牆內一人長聲大吼，聲若霹靂，跟著背後有一股巨力推到。張翠山飄身下牆，只見一個身材魁梧的僧人翻過牆頭，伸出兩手，便來硬奪他手中兵刃。黑暗中瞧不清他面貌，但見他十指如鉤，硬抓硬奪，正是少林派中極厲害的「虎爪功」。圓業叫道：「圓心師兄，千萬不能讓這惡賊走了！」

張翠山藝成以來，罕逢敵手，二十天前學得「倚天屠龍功」，武功更高，此時見這少林僧來得威猛，起了敵愾之心，將虎頭鉤和判官筆往腰間一插，叫道：「你三個少林僧便聯手齊上，我張翠山又有何懼？」眼見圓心左手抓到，他右掌疾探，迴指反抓，嗤的一聲響，已撕下了他僧袍一片衣袖。圓心手指剛欲搭上他肩頭，張翠山左足飛起，正好踢中了他膝蓋。

豈知圓心的下盤功夫堅實，膝蓋上受了這重重一腳，只身子晃動，卻不跌倒，虎吼一聲，右手跟著抓來。同時圓音、圓業兩根禪杖一點腰肋、一擊頭蓋，同時襲到。圓音說話氣喘吁吁，似乎身患重病，其實三僧之中武功以他最高，一根數十斤重的精銅禪杖，使來竟如尋常刀劍一般靈便，點打挑撥，輕捷自如。

張翠山乍逢好手，尋思：「我武當派和少林派近年來齊名武林，到底誰高誰低，始終沒較量過，今日裏正好一試少林高僧的手段。」展開一對肉掌，在兩根禪杖、一對虎爪之間縱橫來去，斬截擒拿、指點掌劈，雖以一敵三，反漸佔上風。

少林和武當兩派武功各有長短，武當派中出了一位蓋世奇才張三丰，可是少林寺千餘年的浸潤傳授，究也非同小可，只不過張翠山此時在武當派中已是一等高手，而圓字輩三僧雖武功也頗爲了得，在少林寺中不過是二流腳色。時刻一長，張翠山越戰越精神，驀地裏右手倏出，使出「龍」字訣的一鉤，抓住了圓業的禪杖，順手一拉，往圓音的禪杖上碰去，借力打力，噹的一下，各人耳中嗡嗡作響。圓音和圓業力氣均大，再加上張翠山的力道，兩人只震得虎口出血。圓心大驚，撲上相救。張翠山伸足鉤帶，反掌往他背心拍落，又是借力打力，便以他自己向前一撲的勁道，將他摔了一交。

張翠山冷笑道：「要擒我上少林寺，只怕還得再練幾年。」說著轉身便行。圓心縱身躍起，叫道：「兇徒休逃！」跟著圓音和圓業也追了上來。張翠山心道：「這三個和尚糾纏不清，總不成將他們打死了。」提一口氣，展開輕功便奔。

圓心和圓業大呼趕來。他們輕功不及張翠山，只大叫：「捉殺人的兇手啊！惡賊休得逃走！」沿著西湖湖邊窮追不捨。

張翠山暗暗好笑，心想你們怎追得上我？忽聽得身後圓心和圓業不約而同的大叫一聲：「啊喲！」圓音卻悶哼一聲，似乎也身受痛楚。

張翠山一驚回頭，見三僧都伸手掩住了右眼，似乎眼上中了暗器，果然聽到圓業大聲罵道：「姓張的，你有種便再打瞎我這隻左眼！」張翠山一楞：「難道他右眼給人打瞎了？到底是誰在暗助我？」心念一動，叫道：「七弟，七弟，你在那裏？」武當七俠中以莫聲谷發射暗器之技最精，張翠山猜想定是莫七弟到了。

他叫了幾聲，沒人答應。張翠山急步繞著湖邊幾株大柳樹一轉，也不見人影。

圓業一目給射瞎了，暴怒如狂，不顧性命的要撲上來跟張翠山死拚。但圓音知道即便雙目完好，自己三人也不是他敵手，忙拉住圓業，說道：「圓業師弟，要報仇，也不急在一時！這事就算你我肯罷休，老方丈和兩位師叔能放過麼？」

張翠山見三僧不再追來，滿腹疑團：「暗中隱伏之人出手助我，卻不知是誰。」不敢在湖畔多留，急步趕回客店，沒奔出十餘丈，只見湖邊蘆葦不住擺動。

此時湖上無風，蘆葦自擺，當藏得有人。張翠山輕輕走近，正要出聲喝問，蘆葦中猛地躍出一人，舉刀向他當頭疾砍，喝道：「不是你死，便是我亡！」

張翠山斜身出腳，踢中他右腕，那人鋼刀脫手，白光一閃，那刀撲通一聲，落入了湖中，看那人時，僧袍光頭，又是個少林僧。張翠山喝道：「你在這裏幹甚麼？」見蘆葦叢中躺著三人，不知是死是傷。那少林僧武功平平，他也不加顧忌，走上幾步俯身看時，只見躺著的三人卻是龍門鏢局的都大錦和祝史二鏢頭。

張翠山一驚，叫道：「都總鏢頭，你……你怎地……」都大錦倏地躍起，雙手牢牢揪住了張翠山胸口衣服，咬牙切齒的道：「惡賊，我不過留下三百兩黃金，你……你便下這毒手！」張翠山道：「你幹甚麼？」待要施擒拿法掙脫，見他眼角邊、嘴角上都是鮮血，雖在黑夜，和他相距不過半尺，看得十分清楚，驚問：「你受了內傷麼？」

都大錦向那少林僧叫道：「師弟，你認清楚了，這人叫作銀鉤鐵劃張翠山，便是……便是害人的兇手。你快走，快走，別要給他追上……」突然雙手一緊，將額頭往張翠山額上猛撞過去，要跟他撞個頭骨齊碎，同歸於盡。

張翠山急忙雙手翻轉，在他臂上一推，嗤的一聲響，都大錦摔了出去，自己胸口衣襟卻也給扯下了一大片。張翠山雖然大膽，但今晚迭見異事，都大錦的神情又令人大為生怖，不由得心中怦怦而跳。俯首看時，見都大錦雙眼翻白，已然氣絕，自是早受極重的內傷，自己在他臂上這麼輕輕一推，決不能就此殺了他。那少林僧失聲驚呼：「你……你又殺了都師兄……」轉身沒命價奔逃，又慌又急，只奔出數步，便摔了一交。

張翠山搖了搖頭，見祝史兩鏢頭雙足浸在湖水之中，已死去多時，瞧著三具屍體，不禁憮然。他和都大錦並無交情，而龍門鏢局護送俞岱巖出了差池，更一直惱恨在心，但見他忽而不明不白的死去，不免頓有傷逝之感，在湖畔悄立片刻，心想：「我叫都大錦將二千兩黃金都救濟災民，想是他捨不得，暗中留下了三百兩。別說我並不知情，便是知道，也只一笑了之，豈有因此而傷人性命之理？」

一提都大錦的背囊，果然沉甸甸地，撕開包袱，囊中跌出了幾隻金元寶，滾在都大錦臉旁。在這霎時之間，忽感人生無常，這總鏢頭一生勞累，千里奔波，在刀尖子上拚命，只不過為了一些黃金，眼前黃金好端端的便在他身旁，可是他卻再也沒法享用了。再想自己此刻力戰少林三僧，大獲全勝，固英雄一時，但百年之後，跟都大錦也無分別，想到此處，不由得嘆了口長氣。

忽聽得琴韻冷冷，出自湖中，張翠山抬起頭來，只見先前在鏢局外湖中所見的那個少年文士正在舟中撫琴。張翠山見腳下是三具屍體，遊船倘若搖近，給那人瞧見了聲張起來，驚動蒙古巡兵，不免多惹麻煩。正要行開，忽聽那文士在琴絃上輕撥三下，抬頭說道：「兄台既有雅興子夜遊湖，何不便上舟來？」說著將手一揮。後梢伏著的一個舟子坐起身來，盪起雙槳，將小舟划近岸邊。

張翠山心道：「此人一直便在湖中，或曾見到甚麼，倒可向他打聽打聽。」走到水邊，待小舟划近，輕輕躍上船頭。

舟中書生站起身來，微微一笑，拱手爲禮，左手向著上首的座位一伸，請客人坐下。碧紗燈籠照映下，見這書生手白勝雪，再看他相貌，玉頰微瘦，眉彎鼻挺，一笑時左頰上淺淺一個梨渦，遠觀之似是個風流俊俏的公子，這時相向而對，顯是個女扮男裝的妙齡麗人。

張翠山雖倜儻瀟洒，但師門規矩，男女之防守得極緊。武當七俠行走江湖，於女色上人人律己嚴謹，他見對方是個女子，一愕之下，登時臉紅，站起身來，倒躍回岸，拱手道：「在下不知姑娘女扮男裝，多有冒昧。」

那少女不答。忽聽得槳聲響起，小舟緩緩盪向湖心，聽那少女撫琴歌道：「今夕興盡，來宵悠悠，六和塔下，垂柳扁舟。彼君子兮，寧當來游？」舟去漸遠，歌聲漸低，但見波影浮動，一燈如豆，隱入了湖光水色。

在一番刀光劍影、腥風血雨的劇鬥後，忽然遇上這等縹緲旖旎的風光，張翠山悄立湖畔，不由得思如潮湧，過了半個多時辰，才回客店。

次日臨安城中，龍門鏢局數十口人命的大血案已傳得沸沸揚揚。張翠山外貌蘊藉儒雅，自然誰也不會疑心到他身上。

午前午後，他在市上和寺觀到處閒逛，尋訪二師兄俞蓮舟和七師弟莫聲谷的蹤跡，但走了一天，竟找不到武當七俠相互連絡的半個記號。

到得申牌時分，心中不時響起那少女的歌聲：「今夕興盡，來宵悠悠，六和塔下，垂柳扁舟。彼君子兮，寧當來游？」那少女的形貌，更在心頭拭抹不去，尋思：「我但當持之以禮，跟她一見又有何妨？倘若二師哥和七師弟在此，和他二人同去自是更好，但此刻除她之外，更沒第二處可去打聽昨晚命案的眞相。」

用過晚飯，便向錢塘江邊的六和塔走去。

張翠山右足踢出，身子騰起，輕輕巧巧的過了小溝，猶似凌虛飛行一般，只聽得舟中少女喝了聲采。張翠山轉過頭來，見她頭上戴了頂斗笠，站在船頭，風雨中衣袂飄飄。

五　皓臂似玉梅花妝

錢塘江到了六和塔下轉個大彎，再向東流。該處和府城相距不近，張翠山腳下雖快，到得六和塔下，天色也已將黑，見塔東三株大柳樹下果然繫著一艘扁舟。錢塘江中的江船張有風帆，較西湖裏的遊船大得多了，但船頭掛著的兩盞碧紗燈籠，卻和昨晚所見的一般模樣。張翠山心中怦怦而跳，定了定神，走到大柳樹下，只見碧紗燈下，那少女獨坐船頭，身穿淡綠衫子，卻已改了女裝。

張翠山本來一意要問她昨晚之事，這時見她換了女子裝束，卻躊躇起來，忽聽那少女仰天吟道：「抱膝船頭，思見嘉賓，微風動波，惘焉若酲。」張翠山朗聲道：「在下張翠山，有事請教，不敢冒昧。」那少女道：「請上船罷。」張翠山輕輕躍上船頭。

那少女道：「昨晚烏雲蔽天，未見月色，今宵雲散天青，可好得多了。」聲音嬌媚清脆，但說話時眼望天空，竟沒向他瞧上一眼。張翠山道：「不敢請教姑娘尊姓。」那少女突然轉過頭來，兩道清澈明亮的眼光在他臉上滚了兩轉，並不答話。張翠山見她明媚清麗，難描難言，爲此容光所逼，登覺自慚，不敢再說甚麼，轉身躍上江岸，發足往來路奔回。

奔出十餘丈，斗然停步，心道：「張翠山啊張翠山，你昂藏七尺，男兒漢大丈夫，縱橫江湖，無所畏懼，今日卻怕起一個年輕姑娘來？」側頭迴望，見那少女所乘的江船沿著錢塘江緩緩順流而下，兩盞碧紗燈照映江面，水中也是兩團燈火緩緩下移，張翠山一時心意難定，轉過身來，在岸邊也向著下游信步而行。

人在岸上，舟在江中，一人一舟相伴東行。那少女仍抱膝坐在船頭，望著天邊新昇的眉月。

張翠山走了一會，不自禁的順著她目光看去，卻見東北角上湧起一大片烏雲。當眞是天有不測風雲，這烏雲湧得甚快，不多時便將月亮遮住，一陣風過去，撒下細細的雨點。江邊一望平野，無可躲雨之處，張翠山心中惘然，也沒想到要躲雨，雨雖不大，但時候一久，身上便已濕透。只見那少女仍坐在船頭，自也已淋得全身皆濕。

張翠山猛地省起，叫道：「姑娘，你進船艙避雨啊！」那少女「啊」的一聲，站起身來，不禁一怔，說道：「難道你不怕雨了？」說著便進了船艙，過不多時，從艙裏出來，手中多了一把雨傘，手一揚，將傘向岸上擲來。

張翠山伸手接住，見是一柄油紙小傘，張了開來，見傘上畫著遠山近水，數株垂柳，一幅淡雅的水墨山水畫，題著七個字：「斜風細雨不須歸。」杭州傘上多有書畫，自來如此，也不以爲奇，傘上的繪畫書法多出自匠人手筆，便和江西的瓷器一般，總不免帶著幾分匠氣，豈知這把小傘上的書畫竟頗爲精致，那七個字微嫌勁力不足，當出自閨秀之手，但頗見清麗脫俗。

張翠山抬起了頭看傘上書畫，足下並不停步，卻不知前面有條小溝，左足一腳踏下，竟踏了個空。他變招奇速，右足踢出，身子騰起，輕輕巧巧的過了小溝，猶似凌虛飛行一般。只聽得舟中少女喝了聲采：「好！」張翠山轉過頭來，見她頭上戴了頂斗笠，站在船頭，風雨中衣袂飄飄，眞如凌波仙子一般。

那少女道：「傘上書畫，還能入張相公法眼麼？」張翠山於繪畫向來不加措意，留心的只是書法，說道：「這筆衛夫人名姬帖的書法，筆斷意連，筆短意長，極盡簪花寫韻之妙。」那少女聽他認出自己的字體，心下甚喜，說道：「這七字之中，那個『不』字寫得最不好。」張翠山細細凝視，說道：「這『不』字寫得很自然啊，只不過稍見少了點含蓄，不像其餘六字，餘韻不盡，觀之令人忘倦。」那少女道：「是了，我總覺這字寫得不愜意，卻看不出是甚麼地方不對，經相公一說，這才恍然。」

她所乘江船順水下駛，張翠山仍在岸上伴舟而行。兩人談到書法，一問一答，不知不覺間已行出約有半里。這時天色更黑了，對方面目已瞧不清楚。那少女忽道：「聞君一席話，勝讀十年書，多謝張相公指點，就此別過。」她手一揚，後梢舟子拉動帆索，船上風帆慢慢升起，白帆鼓風，登時行得快了。張翠山見帆船漸漸遠去，不自禁的感到一陣悵惘，只聽得那少女遠遠說道：「我姓殷……他日有緣，再向張相公請教……」

張翠山聽到「我姓殷」三個字，驀然一驚：「那都大錦曾道，託他護送俞三哥的，是個書生打扮、相貌俊美的女子，自稱姓殷，莫非便是此人喬裝改扮？」他想至此事，再也顧不得甚麼男女之嫌，提氣疾追。帆船駛得雖快，但他展開輕功，不多時便已追及，朗聲問道：「殷姑娘，你識得我俞三哥俞岱巖嗎？」

那少女轉過了頭，並不回答。張翠山似乎聽到了一聲嘆息，只是一在岸上，一在舟中，卻聽不明白，不知到底是不是嘆氣。

張翠山又道：「我心下有許多疑團，要請剖明。」那少女道：「又何必一定要問？」張翠山道：「委託龍門鏢局護送我俞三哥的，可就是殷姑娘麼？此番恩德，務須報答。」那少女道：「恩恩怨怨，那也難說得很。」張翠山道：「請問殷姑娘在何處遇到我三哥，如何救了他？」那少女道：「我在錢塘江畔見俞三俠倒臥在地，便順手救起。」張翠山道：「我三哥到了武當山下，卻又遭人毒手，殷姑娘可知道麼？」那少女道：「我很難過，也極抱憾。」

他二人一問一答，風勢漸大，帆船越行越快。張翠山內力深厚，始終和帆船並肩而行，竟沒落後半步。那少女內力不及張翠山，但一字一句，卻也聽得明白。

錢塘江漸到下游，江面更闊，而斜風細雨也漸漸變成了狂風暴雨。

張翠山問道：「昨晚龍門鏢局滿門數十口被殺，是誰下的毒手，姑娘可知麼？」那少女道：「我跟都大錦說過，要好好護送俞三俠到武當，倘若路上出了半分差池……」張翠山道：「你說要殺得他鏢局中鷄犬不留。」那少女道：「不錯。他沒好好保護俞三俠，這是他自取其咎，又怨得誰來？」張翠山心中一寒，說道：「鏢局中這許多人命，都是……都是……」那少女道：「都是我殺的！」

張翠山耳中嗡的一響，實難相信這嬌媚如花的少女竟是個殺人不眨眼之人，過了一會，問道：「那……那兩個少林寺的和尚呢？」那少女道：「也是我殺的。我本來沒想跟少林派結仇，不過他們用歹毒暗器傷我在先，便饒他們不得。」張翠山道：「怎麼……怎麼他們又冤枉我？」那少女格格一聲笑，說道：「那是我安排下的。」

張翠山氣往上衝，大聲道：「你安排下叫他們冤枉我？」那少女嬌聲笑道：「不錯。」張翠山怒道：「我跟姑娘無怨無仇，何以如此？」

那少女衣袖一揮，鑽進了船艙。到此地步，張翠山如何能不問個明白？眼見那帆船離岸數丈，沒法縱躍上船，狂怒之下，收攏雨傘，伸掌向岸邊一株楓樹猛擊，喀喀數聲，折下兩根粗枝。他出力將一根粗枝往江中擲去，左手提了另一根樹枝，右足一點，躍向江中，左足在那粗枝上一借力，向前躍出，跟著將另一根粗枝又拋了出去，右足點上樹枝，再一借力，躍上了船頭，大聲道：「你……你怎麼安排？」

船艙中黑沉沉地寂然無聲，張翠山便要舉步跨進，但盛怒之下仍有自制，心想：「擅自闖入婦女船艙，未免無禮！」正躊躇間，忽見火光閃動，艙中點亮了蠟燭。

那少女道：「請進來罷！」張翠山整了整衣冠，倒提雨傘，走進船艙，不由得一怔，見艙中坐著個少年書生，方巾青衫，摺扇輕搖，神態瀟洒，原來那少女在這頃刻間又已換上了男裝，一瞥之下，竟與張翠山形貌極其相似。他問她如何安排使得少林派冤枉自己，她這一改裝，便令他恍然大悟，昏暗之際，誰都會把他二人混而為一，無怪少林僧慧風和都大錦均一口咬定是自己所下的毒手。

那少女伸摺扇向對面的座位一指，說道：「張五俠，請坐。」提起几上的細瓷茶壺斟了一杯茶，送到他面前，說道：「寒夜客來茶當酒，舟中無酒，未免有減張五俠清興。」

她這麼斯斯文文的斟一杯茶，登時令張翠山滿腔怒火發作不出來，只得欠身道：「多謝。」那少女見他全身衣履盡濕，說道：「舟中尙有衣衫，春寒料峭，張五俠到後梢換一換罷。」張翠山搖頭道：「不用。」當下暗運內力，一股暖氣從丹田升了起來，全身滾熱，衣服上的水氣漸漸散發。那少女道：「武當派內功甲於武林，小妹請張五俠更衣，眞是井底之見了。」張翠山道：「姑娘是何門何派，可能見示麼？」

那少女聽了他這句話，眼望窗外，眉間登時罩上一層愁意。

張翠山見她神色間似有重憂，倒也不便苦苦相逼，但過了一會，忍不住又問：「我俞三哥到底爲何人所傷，盼姑娘見示。」那少女道：「不單都大錦走了眼，連我也上了大當。我早該想到武當七俠英姿颯爽，怎會是如此險鷙粗魯的人物。」

張翠山聽她不答自己問話，卻說到「英姿颯爽」四字，顯是當面讚譽自己的丰采，心頭怦的一跳，臉上微微發燒，卻不明白她說這幾句話是甚麼意思。

那少女嘆了口氣，突然捲起左手衣袖，露出白玉般的手臂來。張翠山急忙低下頭來，不敢觀看。那少女道：「你認得這暗器麼？」

張翠山聽她說到「暗器」兩字，這才抬頭，只見她左臂上釘著三枚小小黑色鋼鏢，膚白如雪，中鏢之處卻深黑如墨。三枚鋼鏢尾部均作梅花形，鏢身不過一寸半長，卻有寸許深入肉裏。張翠山吃了一驚，霍地站起，叫道：「這是少林派梅花鏢，怎……怎地是黑色的？」那少女道：「不錯，是少林派梅花鏢，鏢上餵得有毒。」

她晶瑩雪白的手臂上釘了這三枚小鏢，燭光照映之下旣嬌媚艷麗，又詭秘可怖，便如洒了粉紅小斑的雪白宣紙上用黑墨點了三點。

張翠山道：「少林派是名門正派，暗器上決不許餵毒，但這梅花小鏢除少林子弟之外，卻沒聽說還有那一派的人物會使。你中鏢有多久了？快設法解毒要緊。」

那少女見他神色間甚是關切，說道：「中鏢已二十多天，毒性給我用藥逼住了，一時不致散發，但這三枚惡鏢卻也不敢起下，只怕鏢一拔出，毒性隨血四走。」

張翠山道：「中鏢二十餘日再不起出，只怕……只怕……將來治愈後，肌膚上會有好大……挺大的疤痕……」其實他本來想說：「只怕毒性在體內停留過久，這條手臂要廢。」那少女淚珠瑩然，幽幽的道：「我已經盡力而爲……昨天晚上在那些少林僧身邊又沒搜到解藥……我這條手臂是不中用了。」說著慢慢放下衣袖。

張翠山胸口一熱，道：「殷姑娘，你信得過我麼？在下內力雖淺，但自信尚能助姑娘逼出臂上毒氣。」那少女嫣然一笑，露出頰上淺淺梨渦，似乎心中極喜，但隨即說道：「張五俠，你心中疑團甚多，我須先跟你分說明白，免得你助了我之後，卻又懊悔。」張翠山昂然道：「治病救人，我輩份所當爲，怎會懊悔？」

那少女道：「好在二十多天也熬過來啦，也不忙在這一刻。我跟你說，我將俞三俠交託給了龍門鏢局之後，自己便跟在鏢隊後面，道上果然有好幾起人想對俞三俠下手，都給我暗中打發了，可笑都大錦如在夢中。」張翠山拱手道：「姑娘大恩大德，我武當子弟感激不盡。」那少女冷然道：「你不用謝我，待會兒你恨我也來不及呢。」張翠山一呆，不明其意。

那少女又道：「我一路上更換裝束，有時裝作農夫，有時扮作商人，遠遠跟在鏢隊之後，那知到了武當山腳下卻出了岔子。」張翠山咬牙道：「那六個惡賊，姑娘親眼瞧見了？可恨都大錦懵懵懂懂，說不明白六賊的來歷。」

那少女嘆了口氣道：「我不但見了，還跟他們交了手，可是我也懵懵懂懂，說不明白他們的來歷。」她拿起茶杯，喝了一口，說道：「那日我見這六人從武當山上迎下來，都大錦跟他們招呼，稱之爲『武當六俠』，那六人也居之不疑。我遠遠望著，見他們將俞三俠所乘的大車接了去，心想此事已了，於是勒馬道旁，讓都大錦等一行走過，但一瞥之下，心中起了老大疑竇：『武當七俠是同門師兄弟，情同骨肉，俞三俠身受重傷，他們該當一擁而上，立即看他傷勢才是。但只一人往大車中望了一眼，餘人非但並不理會，反頗有喜色，大聲唿哨，趕車而去，這可不合人情了。』」

張翠山點頭道：「姑娘心細，所疑甚是。」

那少女道：「我越想越覺不對，縱馬追趕上去，喝問他們姓名。這六人眼力倒也不弱，一見面就看出我是女子。我罵他們冒充武當子弟，劫持俞三俠，存心不良。三言兩語，我便衝上去動手。六人中出來一個三十來歲的瘦子跟我相鬥，一個道士在旁掠陣，其餘四人便趕著大車走了。那瘦子手底下甚是了得，三十餘合中我勝他不得，突然間那道人左手一揚，我只感臂上一麻，無聲無息的便中了這三枚梅花鏢，手臂登時麻癢。那瘦子出言無禮，想要擒我，我還了他三枚銀針，這才脫身。」說到這裏，臉上微現紅暈，想來那瘦子見她是個孤身的美貌少女，竟有非禮之意。

張翠山沉吟道：「這梅花小鏢用左手發射？少林門下怎地出現了道人，莫非也是喬裝的？」那少女微笑道：「道士扮和尚須剃光頭，和尚扮道士卻容易得多，戴頂道冠便成。」張翠山點了點頭。那少女道：「我心知此事不妙，但那瘦子我尚自抵敵不過，那道人似乎更厲害得多，何況他們共有六人？這可沒了計較。」張翠山張口欲言，但終於忍住了。

那少女道：「我猜你是想問：『幹麼不上武當山來跟我們說明？』是不是？我可不能上武當山啊，倘若我自己能出面，又何必委託都大錦走這趟鏢呢？我徬徨無計，在道上悶走，恰好撞到你跟都大錦他們說話。後來見你去找尋俞三俠，我想武當七俠正主兒已接上了手，不用我再湊熱鬧，憑我這點兒微末本領，也幫不了甚麼忙。那時我急於解毒，便即東還，不知俞三俠後來怎樣了？」

張翠山當下說了俞岱巖受人毒害的情狀。那少女長嘆一聲，睫毛微微顫動，說道：「但願俞三俠吉人天相，終能治愈，否則……否則……」張翠山聽她語氣誠懇，心下感激，說道：「多謝姑娘好心。」說著眼眶微濕。那少女搖了搖頭，說道：「我回到江南，叫人一看這梅花鏢，有人識得是少林派的獨門暗器，說道除非是發暗器之人的本門解藥，否則毒性難除。臨安府除了龍門鏢局，還有誰是少林派？於是我夜入鏢局，要逼他們給解藥，豈知他們非但不給，還埋伏下了人馬，我一進門便對我猛下毒手。」

張翠山「嗯」了一聲，沉吟道：「你說故意安排，教他們認作是我？」那少女臉有靦腆之色，低下了頭，輕輕的道：「我見你到衣鋪去買了這套衣巾，覺得穿戴起來很是……很是好看，於是我跟著也買了一套。」張翠山道：「這便是了。只是你一出手便連殺數十人，未免過於狠辣，鏢局中的人跟你又沒怨仇。」

那少女沉下臉來，冷笑道：「你要教訓我麼？我活了一十九歲，倒還沒聽人教訓過呢。張五俠大仁大義，這就請便罷。我這般心狠手辣之輩，原沒盼望能跟你結交。」

張翠山給她一頓數說，不由得滿臉通紅，霍地站起，待要出艙，但隨即想起已答應了助她治療鏢傷，說道：「請你捲起袖子。」那少女蛾眉微蹙，說道：「你愛罵人，我不要你治了。」張翠山道：「你臂上之傷延誤已久，再躭誤下去只怕……只怕毒發難治。」那少女恨恨的道：「送了性命最好，反正是你害的。」張翠山奇道：「咦，少林派的惡人發鏢射你，跟我有甚相干？」那少女道：「倘若我不是千里迢迢的護送你三師哥上武當山，會遇上這六個惡賊麼？這六人搶了你師哥去，我若是袖手旁觀，臂上會中鏢麼？你如早到一步，助我一臂之力，我會中鏢受傷麼？」

除了最後兩句有些強辭奪理，另外的話卻也合情合理。張翠山拱手道：「不錯，在下助姑娘療傷，不過略報大德。」那少女側頭道：「那你認錯了麼？」張翠山道：「我認甚麼錯？」那少女道：「你說我心狠手辣，這話說錯了。那些少林和尚、都大錦這干人、鏢局中的，全都該殺。」張翠山搖頭道：「姑娘雖臂上中毒，但仍可救。我三師哥身受重傷，也未斃命，即使當眞不治，咱們也只找首惡，這樣一舉連殺數十人，總是於理不合。」

那少女秀眉一揚，道：「你說我殺錯了人？難道發梅花鏢打我的不是少林派的？難道龍門鏢局不是少林派開的？」張翠山道：「少林門徒遍於天下，成千成萬，姑娘臂上中了三枚鏢，難道便要殺盡少林門下弟子？」

那少女辯他不過，忽地舉起右手，一掌往左臂上拍落，著掌之處，正是那三枚梅花鏢的所在，這一掌下去，三鏢深入肉裏，傷得可就更加重了。

張翠山萬料不到她脾氣如此倔強，一言不合，便下重手傷殘自己肢體，她對自身尚且如此，出手隨便殺人自不在意下了，待要阻擋，已然不及，急道：「你……你何苦如此？」只見她衫袖中滲出黑血。張翠山知道此時鏢傷甚重，她內力已阻不住毒血上流，若不急救，立時便有性命之憂，左手探出，抓住了她左臂，右手便去撕她衫袖。

忽聽得背後有人喝道：「狂徒不得無禮！」呼的一聲，有人揮刀向他背上砍來。張翠山知是船上舟子，事在緊急，無暇分辯，反腿一腳，將那舟子踢出艙去。

那少女道：「我不用你救，我自己愛死，關你甚麼事？」說著啪的一聲，清清脆脆的打了他一個耳光。她出掌奇快，張翠山事先毫沒防備，一楞之下，放開了她手臂。

那少女沉著臉道：「你上岸去罷，我再也不要見你啦！」張翠山給她這一掌打得羞怒交迸，說道：「好！我倒沒見過這般任性無禮的姑娘！」跨步走上船頭。那少女冷笑道：「你沒見過，今日便要給你見見。」

張翠山拿起一塊木板，待要拋在江中，踏板上岸，轉念忽想：「我這一上去，她終究性命不保。」強忍怒氣回艙，說道：「你打我一掌，我也不來跟你這蠻不講理的姑娘計較，快捲起袖子。你要性命不要？」

那少女嗔道：「我要不要性命，跟你有甚相干？」張翠山道：「你千里送我三哥，此恩不能不報。」那少女冷笑道：「好啊，原來你不過是代你三哥還債來著。倘若我沒護送過你三哥，我受的傷再重，你也見死不救啦！」

張翠山一怔，道：「那也未必。」見她忽地打個寒戰，身子微顫，顯是毒性上行，忙道：「快捲起袖子，你當眞拿自己性命來開玩笑。」那少女咬牙道：「你不認錯，我便不要你救。」她臉色本就極白，這時嬌嗔怯弱，更增楚楚可憐之態。

張翠山嘆了口氣，道：「好，算我說錯了，你殺人沒錯。」那少女道：「那不成，錯便是錯，有甚麼算不算的。你為甚麼嘆了口氣再認錯，顯然並非誠心誠意。」

張翠山救命要緊，無謂跟她多作口舌之爭，大聲道：「皇天在上，江神在下，我張翠山今日誠心誠意，向殷……殷……」說到這裏，頓了一頓。那少女道：「殷素素。」張翠山道：「嗯，向殷素素姑娘認錯賠罪。」殷素素大喜，嫣然而笑，猛地坐倒椅上。

張翠山忙從懷中藥瓶裏倒出一粒「天心解毒丹」給她服下，捲起她衣袖，只見半條手臂已成紫黑色，黑氣正迅速上行。張翠山伸左手抓住她上臂，問道：「覺得怎樣？」殷素素道：「胸口悶得難受。誰教你不快認錯？倘若我死了，便是你害的。」

張翠山當此情景，只能柔聲安慰：「不礙事的，你放心。你全身放鬆，一點也不用力運氣，就當自己是睡著了一般。」殷素素白了他一眼，道：「就當我已經死了。」

張翠山心道：「在這當口，這姑娘還如此橫蠻刁惡，將來不知是誰做她丈夫，這一生一世可有苦頭吃了。」想到此處，不由得心中怦然而動，臉上登時發燒，生怕殷素素已知覺了自己念頭，向她望了一眼。只見她雙頰暈紅，大是嬌羞，不知正想到了甚麼。兩人眼光一觸，不約而同的都轉開了頭去。

殷素素忽然低聲道：「張五哥，我說話沒輕重，又打了你，請你……你別見怪。」

張翠山聽她忽然改口，把「張五俠」叫作「張五哥」，心中更怦怦亂跳，緩緩點一點頭，微微一笑，吸一口氣，收攝心神，一股暖氣從丹田中升上，勁貫雙臂，抓住她手臂傷口的上下兩端。

過了一會，張翠山頭頂籠罩氤氳白氣，顯已出了全力，汗氣上蒸。殷素素心中感激，知道這是療毒的緊要關頭，生恐分了他心神，閉目不敢和他說話。忽聽波的一聲，臂上一枚梅花小鏢彈了出來，躍出丈餘，跟著一縷黑血，從傷口中激射而出。黑血漸漸轉紅，跟著第二枚梅花鏢又爲張翠山內力逼出。

便在此時，忽聽得江上有人縱聲高呼：「殷姑娘在這兒嗎？朱雀壇壇主參見。」張翠山微覺怪異，但運力正急，不去理會。那人又呼了一聲。卻聽自己船上的舟子叫道：「這裏有個惡人，要害殷姑娘，常壇主快來！」那邊船上的人大聲喝道：「惡賊不得無禮，你只要傷了殷姑娘一根寒毛，我把你千刀萬剮！」這人聲若洪鐘，在江面上呼喝過來，大是威猛。

殷素素睜開眼來，向張翠山微微一笑，對這場誤會似表歉意。第三枚梅花鏢給她一拍之下，入肉甚深，張翠山連運三遍力道，仍逼不出來。但聽得槳聲甚急，那艘船迅速靠近，張翠山只覺船身一晃，有人躍上船來，他只顧用力，不去理會。

那人鑽進船艙，見張翠山雙手牢牢的抓住殷素素左臂，怎想得到他是在運功療傷，急怒之下，呼的一掌便往張翠山後心拍去，同時喝道：「惡賊還不放手？」

張翠山緩不出手來招架，吸一口氣，挺背硬接了他這一掌，但聽蓬的一聲，這一掌力道奇猛，結結實實的打中他背心。張翠山深得武當派內功精要，全身不動，借力卸力，將這沉重之極的拍擊引到掌心，只聽得波的一聲響，第三枚梅花鏢從殷素素臂上激射而出，釘在船艙板上，餘勢不衰，兀自顫動。

發掌之人一掌既出，第二掌跟著便要擊落，見了這等情景，第二掌拍到半路，硬生生的收回，叫道：「殷姑娘，你……你沒受傷麼？」見她手臂傷口噴出毒血，這人也是江湖上的大行家，知是打錯了人，好生不安，暗忖自己這一掌有裂石破碑之勁，看來張翠山內臟已盡數震傷，只怕性命難保，忙從懷中取出傷藥，想給張翠山服下。

張翠山搖了搖頭，見殷素素傷口中流出來的血色已轉殷紅，放開手掌，回過頭來笑道：「你這一掌的力道真不小。」那人大吃一驚，心想自己掌底不知擊斃過多少成名的武林好手，怎麼這少年不避不讓的受了一掌，竟如沒事人一般，說道：「你……你……」瞧他臉色，伸手指去搭他脈搏。張翠山心想：「索性跟他開開玩笑。」暗運內勁，腹膜上頂，霎時間心臟停止了跳動。那人一搭上他手腕，只覺他脈搏已絕，更嚇了一跳。

張翠山接過殷素素遞來的手帕，給她包紮傷口，又道：「毒質已隨血流出，姑娘只須服食尋常解毒藥物，便已無礙。」殷素素道：「多謝了。」側過頭來，臉一沉，道：「常壇主不得無禮，見過武當派的張五俠。」那人退後一步，躬身施禮，說道：「原來是武當七俠的張五俠，怪不得內功如此深厚，小人常金鵬多多冒犯，請勿見怪。」

張翠山見這人五十來歲年紀，臉上手上的肌肉凹凹凸凸、盤根錯節，便抱拳還禮，說道：「在下張翠山，見過常壇主。」

常金鵬向張翠山見禮已畢，隨即恭恭敬敬的向殷素素施下禮去。殷素素大剌剌的點一點頭，不怎麼理會。張翠山暗暗納罕，只聽常金鵬說道：「玄武壇白壇主約了海沙派、巨鯨幫和神拳門的人物，明天一早在錢塘江口王盤山島上相會，揚刀立威。姑娘身子不適，待小人護送姑娘回臨安府去。王盤山島上的事，諒來白壇主一人料理，也已綽綽有餘。」

殷素素哼了一聲，道：「海沙派、巨鯨幫、神拳門……嗯，神拳門的掌門人過三拳也去嗎？」常金鵬道：「聽說是他親自率領神拳門的十二名好手弟子，前去王盤山赴會。」殷素素冷笑道：「過三拳名氣雖大，不足當白壇主一擊，還有甚麼好手？」

常金鵬遲疑了一下，道：「聽說崑崙派有兩名年輕劍客，也去赴會，說要見識見識屠……屠……」說到這裏，眼角向張翠山一掠，卻不說下去了。殷素素冷冷的道：「他們要去瞧瞧屠龍刀嗎？只怕是眼熱起意……」張翠山聽到「屠龍刀」三字，心中一凜，只聽殷素素又道：「嗯，崑崙派的人物倒不可小覷了。我手臂上的傷本來很厲害，多虧張五俠給我治好了。這麼著，咱們去瞧瞧熱鬧，說不定須得給白壇主相助一臂之力。」轉頭向張翠山道：「張五俠，眞正多謝了！咱們就此別過，我坐常壇主的船，你坐我的船回臨安去罷！你武當派犯不著牽連在內。」

張翠山道：「我三師哥之傷，似與屠龍刀有關，詳情如何，還請殷姑娘見示。」殷素素道：「這中間的細微曲折之處，我也不大了然，他日還是親自問你三師哥罷！」

張翠山見她不肯說，心知再問也是徒然，暗想：「傷我三哥之人，其意在於屠龍寶刀。常壇主說要在王盤山揚刀立威，似乎屠龍刀是在他們手中，那些惡賊倘若得訊，定會趕去。」說道：「發射這三枚梅花小鏢的惡人，你說會不會也上王盤山去呢？」

殷素素抿嘴一笑，卻不答他問話，說道：「你定要去趕這份熱鬧，咱們便一塊兒去罷！」轉頭對常金鵬道：「常壇主，請你的船在前引路。」常金鵬應道：「是！」彎著腰退出船艙，便似僕役廝養對主人一般恭謹。殷素素只點了點頭。張翠山卻敬重他這份武功修為，站起身來，送到艙口。

殷素素望了望他長袍後心給常金鵬擊破的碎裂之處，待他回入船艙，說道：「你除下長袍，我給你補一補。」張翠山道：「不用了！」殷素素道：「你嫌我手工粗劣嗎？」

張翠山道：「不敢。」說了這兩個字，默不作聲，想起她一晚之間連殺龍門鏢局數十口老小，這等大奸大惡的兇手，自己原該出手誅卻，可是這時非但和她同舟而行，還助她起鏢療毒，雖說是酬謝她護送師兄之德，但總嫌善惡不明，王盤山島上的事務一了，須得立即分手，再也不能跟她相見了。

殷素素見他臉色難看，已猜中他心意，冷冷的道：「不但都大錦和祝史兩鏢頭，不但龍門鏢局滿門和那兩個少林僧，還有那慧風和尚，也都是我殺的。」張翠山道：「我早疑心是你，只是想不到你用甚麼手段。」殷素素道：「那有甚麼希奇？我潛在湖邊水中聽你們說話。那慧風突然發覺咱們兩人相貌不同，想要說出口來，我便發銀針從他口中射入，你在路上、樹上、草裏尋我的蹤跡，卻那裏尋得著？」張翠山道：「這麼一來，少林派便認定是我下的毒手了，殷姑娘，你當眞好聰明，好手段！」他這幾句話中充滿了憤激。殷素素假作不懂，盈盈站起，笑道：「不敢，張五俠謬讚了！」

張翠山怒氣塡膺，大聲喝道：「姓張的跟你無怨無仇，你何苦這般陷害於我？」

殷素素微笑道：「我也不是想陷害你，只少林、武當號稱當世武學兩大宗派，我想讓你們兩派鬥上一鬥，且看到底是誰強誰弱？」

張翠山悚然而驚，滿腔怒火暗自潛息，卻大增戒懼，心道：「原來她另有重大奸謀，不只陷害我一人而已。倘若我武當派和少林派當眞為此相鬥，勢必兩敗俱傷，成為武林中一場浩劫。」殷素素摺扇輕揮，神色自若，說道：「張五俠，你扇上的書畫，可否供我開開眼界？」

張翠山正要回答，忽聽得前面常金鵬船上有人朗聲喝道：「是巨鯨幫的船嗎？那一位在船上？」右首江面上有人叫道：「巨鯨幫少幫主，到王盤山島上赴會。」常金鵬船上那人叫道：「天鷹教殷姑娘和朱雀壇常壇主在此，另有名門貴賓。貴船退在後面罷！」右首船上那人粗聲粗氣的道：「若是貴教教主駕臨，我們自當退讓，是旁的人，那也不必了！」

張翠山心中一動：「天鷹教是甚麼教派？眼見他們這等聲勢，力量可當真不小。想是此教崛起未久，我們少到江南一帶走動，是以不知。巨鯨幫倒久聞其名，可不是甚麼好腳色。」推開船窗向外望去，見右首那船船身造成一頭鯨魚之狀，船頭上白光閃閃，數十柄尖刀鑲成巨鯨的牙齒，船尾彎翹，便似鯨魚的尾巴。這艘巨鯨船帆大船輕，行駛時比常金鵬的船快得多。

常金鵬站到船頭，叫道：「麥少幫主，殷姑娘在這兒，你這點小面子也不給嗎？」巨鯨船艙中鑽出一個黃衣少年，冷笑道：「陸地上以你們天鷹教爲尊，海面上該算我們巨鯨幫了罷？好端端的爲甚麼要讓你們先行？」張翠山心想：「江面這般寬闊，數百艘大船也可並行，何必定要他們讓道，這天鷹教也未免太橫。」

只見巨鯨船上又加了一道風帆，搶得更加快了，兩船越離越遠，再也沒法追上。常金鵬「哼」的一聲，說道：「巨鯨幫……屠龍刀……也……屠龍刀……」大江之上，風急浪高，兩船相隔又遠，不知他說些甚麼。

那麥少幫主聽他連說了兩句「屠龍刀」，覺得事關重大，命水手側過船身，漸漸和常金鵬的座船靠近，大聲問道：「常壇主你說甚麼？」常金鵬道：「麥少幫主……咱們玄武壇白壇主……那屠龍刀……」張翠山微覺奇怪：「怎麼他說話斷斷續續？」

眼見巨鯨船靠得更加近了，相距已不過數丈，猛聽得呼的一聲，常金鵬提起船頭巨錨擲將出去，錨上鐵鍊嗆啷啷連響，對面船上兩名水手長聲慘叫，大鐵錨已鉤在巨鯨船上。麥少幫主喝道：「你幹甚麼？」常金鵬手腳快極，提起左邊的大鐵錨又擲了出去。兩隻鐵錨擊斃了巨鯨船上三名水手，同時兩艘船也已連在一起。

麥少幫主搶到船邊，伸手去拔鐵錨。常金鵬右手揮動，鍊聲嗆啷，一個圓圓的大西瓜飛了出去，砰的一聲猛響，打在巨鯨船的主桅之上。張翠山才知這大西瓜是常金鵬所用兵器，料是純鋼鑄成，瓜上漆成綠沉沉地，黑暗中也瞧不清楚，但知共有一對，繫以鋼鍊，便和流星鎚無異。只見兩個西瓜奇大特重，每個似不下五六十斤，若非膂方驚人，如何使得它動？

常金鵬右手的鋼西瓜擊出，巨鯨船的主桅喀喇喇響了兩聲，他拉回右手鋼西瓜，跟著左手鋼西瓜又擊了出去，待到右手鋼西瓜再次進擊，那主桅喀喇、喀喇連響，從中斷爲兩截。巨鯨船上衆海盜驚叫呼喝。常金鵬雙瓜齊飛，同時擊在後桅之上，後桅較細，一擊便斷。

這時兩船相隔兩丈有餘，那麥少幫主眼睜睜的瞧著兩根桅桿一一斷折，竟無法可施，只有高聲怒罵。常金鵬喝道：「有天鷹教在此，水面上也不能任你巨鯨幫稱雄！」右臂揚處，鋼瓜又呼的一聲飛出，這一次卻擊在巨鯨船的船舷上，砰的一聲，船旁登時破了一個大洞，海水湧入，船上眾水手大聲呼叫。

麥少幫主抽出分水蛾眉刺，雙足一點，縱身躍起，便往常金鵬的船頭撲來。常金鵬待他躍到最高之時，左手鋼瓜飛出，逕朝他迎面擊去，這一招甚是毒辣，鋼瓜到時，正是他人在半空，一躍之力將衰未衰。麥少幫主叫聲：「啊喲！」伸蛾眉雙刺在鋼瓜上一擋，急使勁力，盼借力翻回，猛覺胸口氣塞，眼前一黑，翻身跌回自己船中。

常金鵬雙瓜此起彼落，霎時間在巨鯨船上擊出了七八個大洞，跟著提起錨鍊，運勁回拉。喀喇喇幾聲響，巨鯨船船板碎裂，兩隻鐵錨拉回自己船頭。

天鷹教船上眾水手不待壇主吩咐，揚帆轉舵，向前直駛。

張翠山見到常金鵬擊破敵船的威勢，暗自心驚：「我若非得恩師傳授，學會了借力卸力之法，他那巨靈神掌般的一掌擊在我背心，卻如何經受得起？這人於瞬息間誘敵破敵，不但武功驚人，而且陰險毒辣、工於心計，實是邪教中極厲害的人物。」回眼看殷素素時，只見她神色自若，似乎這類事司空見慣，毫不放在心上。

只聽得雷聲隱隱，錢塘江上夜潮將至。巨鯨幫幫眾雖人人精通水性，但這時已在江海相接之處，江面闊達數十里，距離南北兩岸均甚遙遠。巨鯨幫幫衆聽到潮聲，大叫呼救。常金鵬和殷素素的兩艘座船向東疾駛，渾不理會。

張翠山探首窗外，向後望去，見那艘巨鯨船已沉沒了一小半，待得潮水一衝，登時便要粉碎。他耳聽得慘叫呼救之聲，心下不忍，但知殷素素和常金鵬都是心狠手辣之輩，若請他們停船相救，諒不蒙允，徒然自討沒趣，只得默然不語。

殷素素瞧了他神色，微微一笑，縱聲叫道：「常壇主，咱們的貴客張五俠大發慈悲，你把巨鯨船上那些傢伙救起來罷！」這一著大出張翠山的意外。只聽得前面船上常金鵬應道：「謹遵貴客之命！」船身側過，斜搶著向上游駛去。

常金鵬大聲叫道：「巨鯨幫幫衆們聽著，武當派張五俠救你們性命，要命的快游下來罷！」諸幫衆順流游下。常金鵬的座船逆流迎上，搶在潮水頭裏，將巨鯨船上自麥少幫主以下救起了十之八九，但終於有八九名水手葬身在波濤之中。

張翠山心下大慰，喜道：「多謝你啦！」殷素素冷冷的道：「巨鯨幫殺人越貨，那船中沒一個人手上不是染滿了血腥，你救他們幹麼？」張翠山茫然若失，答不出話來。巨鯨幫惡名素著，是水面上四大惡幫之一，他早聞其名，卻不料今日反予相救。

只聽殷素素道：「若不將他們救上船來，張五俠心中更要罵我啦：『哼！這年輕姑娘心腸狠毒，甚於蛇蝎，我張翠山悔不該助她起鏢療毒！』」這句話正好說中了張翠山的心事，他臉上一紅，只得笑道：「你伶牙俐齒，我怎說得過你？救那些人，是你自己積的功德，可不跟我相干。」

就在這時，潮聲如雷，震耳欲聾，張翠山和殷素素所乘江船猛地給拋了起來，說話聲盡皆掩沒。張翠山向窗外看時，只見巨浪猶如一堵透明的高牆，巨鯨幫的人若不獲救上船，這時勢必盡數給淹沒在驚濤駭浪之中了。

殷素素走到後艙，關上了門，過了片刻出來，又已換上了女裝。她打個手勢，要張翠山除下長袍。張翠山不便再峻拒，只得脫下。他只道殷素素要替自己縫補衫背的破裂之處，那知她提起她自己剛換下來的男裝長袍，打手勢叫他穿上，卻將他的破袍收入後艙。

張翠山身上只有短衫中衣，只得將殷素素的男裝穿上了。那件袍子本就寬大，張翠山雖比她高大得多，卻也不顯得窄小，袍子上一縷縷淡淡的幽香送入鼻端。張翠山心神一蕩，不敢向她看去，恭恭敬敬坐著，裝作欣賞船艙板壁上的書畫，但心事如潮，和船外船底的波濤一般洶湧起伏，卻那裏看得進去？殷素素也不來跟他說話。

忽地一個巨浪湧來，船身傾側，艙中燭火登時熄了。張翠山心想：「我二人孤男寡女，坐在黑艙之中，雖說我不欺暗室，卻怕於殷姑娘的清名有累。」推開後艙艙門，走到把舵的舟子身旁，瞧著他穩穩掌著舵柄，穿波越浪下駛。

半個多時辰之後，上湧的潮水反退出海，順風順水，舟行更速，破曉後已近王盤山島。那王盤山在錢塘江口的東海之中，是個荒涼小島，山石嶙峋，向無人居。兩艘船駛近島南，相距尚有數里，只聽得島上號角之聲嗚嗚吹起，岸邊兩人各舉大旗，揮舞示意。座船漸漸駛近，只見兩面大旗上均繡著一頭大鷹，雙翅伸展，甚是威武。

兩面大旗之間站著一個老者。只聽他朗聲說道：「玄武壇白龜壽恭迎殷姑娘。」聲音漫長，綿綿密密，雖不響亮，卻氣韻醇厚。片刻間座船靠岸，白龜壽親自鋪上跳板。殷素素請張翠山先行，上岸後和白龜壽引見。

白龜壽見殷素素神情間對張翠山甚爲重視，待聽到他是武當七俠中的張五俠，更心中一凜，說道：「久仰武當七俠清名，今日幸得識荆，大是榮幸。」張翠山謙遜了幾句。

殷素素笑道：「你兩個言不由衷，說話不痛快。一個心想：『啊喲，不好，武當派也來啦，多了個爭奪屠龍刀的棘手人物。』另一個心中卻說：『你這種左道邪教人物，我才犯不著跟你結交呢。』我說啊，你們想說甚麼便說甚麼，不用口是心非的。」

白龜壽哈哈一笑。張翠山卻道：「不敢！白壇主武功精湛，在下聽得白壇主這份隔海傳聲的功夫，好生佩服。在下只陪殷姑娘來瞧瞧熱鬧，決無覬覦寶刀之心。」

殷素素聽他這般說，面溢春花，好生歡喜。白龜壽素知殷素素面冷心狠，從來不對任何年輕男子稍假詞色，但這時對張翠山的神態卻截然不同，知道此人在她心中的份量著實不輕，又聽他稱讚自己內功，說道無意於寶刀，登時敵意盡消，說道：「殷姑娘，海沙派、巨鯨幫、神拳門那些傢伙早就到啦，還有兩個崑崙派的年輕劍客。這兩個小子飛揚跋扈，囂張得緊，那如張五俠名滿天下，卻偏這麼謙光。可見有一分本事，便有一分修養……」

他剛說到這裏，忽聽得山背後一人喝道：「背後鬼鬼祟祟的毀謗旁人，這又算甚麼行逕了？」話聲一歇，轉出兩個人來。兩人均穿青色長袍，背上斜插長劍，都是二十八九歲年紀，臉罩寒霜，一副要惹事生非的模樣。

白龜壽笑道：「說起曹操，曹操便到。我跟各位引見。」那兩個崑崙派的青年劍客本來就要發作，斗然見到殷素素容光照人，清麗非凡，心中都怦然一動。一個目不轉瞬的呆呆瞧著她，另一個看了她一眼，忙轉開了頭，但隨即又斜目偷覷。

白龜壽指著呆看殷素素的那人道：「這位是高則成高大劍客。」指著另一人道：「這位是蔣立濤蔣大劍客。兩位都是崑崙派的武學高手。崑崙派威震西域，武學上有不傳之秘，高蔣兩位更是崑崙派中出乎其類、拔乎其萃、矯矯不羣的人物。這一次來到中原，定當大顯身手，讓我們大開眼界。」

他這番話中顯然頗含譏嘲，張翠山心想這兩人若不立即動武，也必反唇相稽，那知高蔣二人只唯唯否否，似乎並沒聽見他說些甚麼，再看二人神色，這才省悟，原來他二人一見殷素素，一個傻瞪，一個偷瞧，竟都神不守舍的如痴如呆。張翠山暗暗好笑，心道：「崑崙派名播天下，號稱劍術通神，那知派中弟子卻這般無聊。」

白龜壽又道：「這位是武當派張翠山張相公，這位是殷素素殷姑娘，這位是敝教的常金鵬常壇主。」他說這三人姓名時都輕描淡寫，不加形容，對張翠山更只稱一聲「張相公」，連「張五俠」的字眼也免了，顯是將他當作極親近的自己人看待。

殷素素心中甚喜，眼光在張翠山臉上一轉，秋波流動，梨渦淺現。

高則成見殷素素對張翠山神態親近，狠狠的向張翠山怒目橫了一眼，冷冷的道：「蔣師弟，咱們在西域之時好像聽說過，武當派算是中原武林中的名門正派啊。」蔣立濤道：「不錯，好像聽說過。」高則成道：「原來耳聞不如目見，道聽塗說之言，大不可信。」蔣立濤道：「是嗎？江湖上謠言甚多，十之八九原本靠不住。高師哥說武當派怎麼了？」高則成道：「名門正派的弟子，怎地跟邪教人物廝混在一起，這不是自甘墮落麼？」二人一吹一唱，竟向張翠山叫起陣來。他們可不知殷素素也是天鷹教中人物，「邪教」二字，只指白常二人而言。

張翠山聽他二人言語如此無禮，登時便要發作，但轉念一想，自己這次上王盤山來，用意純在查察傷害俞岱巖的兇手，這兩個崑崙弟子年紀雖較自己為大，卻是初出茅蘆的無名之輩，犯不著跟他們一般見識，何況天鷹教行事確甚邪惡，觀乎殷素素和常金鵬將殺人當作家常便飯一事可知，自己決不能跟他們牽纏在一起，微微一笑，說道：「在下跟天鷹教的這幾位也是初識，和兩位仁兄沒甚麼分別。」

這兩句話衆人聽了都是大出意外。白常兩壇主只道殷素素跟他交情甚深，豈知卻是初識。殷素素心中惱怒，知道張翠山這麼說，分明有瞧不起天鷹教之意。高蔣兩人相視冷笑，心想：「這小子是個膿包，一聽到崑崙派的名頭，就怕了咱們啦！」

白龜壽道：「各位賓客都已到齊，只巨鯨幫的麥少幫主還沒來，咱們也不等他啦。現下各位可請隨便逛逛，正午時分，請到那邊山谷飲酒看刀。」常金鵬笑道：「麥少幫主座船失事，是張相公命人救了起來，這時便在船中，待會請他赴宴便了。」

張翠山見白常兩位壇主對己執禮甚恭，殷素素的眼光神色之間更柔情似水，但想跟這些人越疏遠越好，說道：「小弟想獨自走走，各位請便。」也不待各人回答，一舉手，便向東邊一帶樹林中走去。

王盤山是個小島，山石樹木無甚可觀。東南角有個港灣，桅檣高聳，停泊著十來艘大船，想是天鷹教、海沙派一干人的座船。張翠山沿著海邊信步而行，他對殷素素任意殺人的殘暴行逕雖大爲不滿，但說也奇怪，一顆心竟念茲在茲的縈繞在她身上：「這位殷姑娘在天鷹教中地位尊貴，白常兩位壇主對她像公主一般侍候，但她顯然不是教主，不知是甚麼來頭？」又想：「天鷹教要在這島上揚刀立威，對方海沙派、神拳門、巨鯨幫等都由首要人物赴會，天鷹教卻只派兩個壇主主持，全沒將這些對手放在心上。瞧那玄武壇白壇主的氣派，似乎武功尚在朱雀壇常壇主之上。看來天鷹教已是武林中一個極大隱憂，今日乘機多摸清一些他們的底細，日後武當派便想跟他們河水不犯井水，只怕也不可得。」

正沉吟間，忽聽得樹林外傳來一陣陣兵刃相交之聲，他好奇心起，循聲過去，只見樹蔭下高則成和蔣立濤各執長劍，正在練劍，殷素素在一旁笑吟吟的瞧著。張翠山心道：「師父常說崑崙派劍術大有獨到之處，他老人家少年之時，還跟一個號稱『劍聖』的崑崙派名家會過面，這機緣倒是難得。」但武林人士研習武功之時極忌旁人偷看。張翠山雖極想看個究竟，終究要守武林規矩，只望了一眼，轉身便欲退開。

但他這麼一探頭，殷素素已見到了，向他招了招手，叫道：「張五哥，你過來。」張翠山這時若再避開，反落了個偷看的嫌疑，邁步走近，說道：「兩位兄台在此練劍，咱們別惹人厭，到那邊走走罷。」還沒聽到殷素素回答，只見白光閃動，嗤的一聲響，蔣立濤反劍掠上，高則成左臂中劍，鮮血冒出。張翠山一驚，只道是蔣立濤失手誤傷。那知高則成哼也不哼，鐵青著臉，唰唰唰三劍，招數巧妙狠辣，全是指向蔣立濤的要害。張翠山這才看清，原來兩人並非研習劍法，竟是眞打狠鬥，不禁大爲訝異。

殷素素笑道：「看來師哥不及師弟，還是蔣兄的劍法精妙些。」

高則成聽了此言，一咬牙，翻身迴劍，劍訣斜引，一招「百丈飛瀑」，劍鋒從半空中直瀉下來。張翠山忍不住喝采：「好劍法！」蔣立濤縮身急躲，但高則成的劍勢不等用老，中途變招，劍尖抖動，「嘿！」的一聲呼喝，刺入了蔣立濤左腿。殷素素拍手道：「原來做師兄的畢竟也有兩手，蔣兄這一下可比下去啦！」

蔣立濤怒道：「也不見得。」劍招忽變，歪歪斜斜的使出一套「雨打飛花」劍法。這一路劍走的全是斜勢，飄逸無倫，但七八招斜勢之中，偶爾又夾著一招正勢，教人極難捉摸。高則成對這路本門劍法自是爛熟於胸，見招拆招，毫不客氣的還以擊削劈刺。兩人身上都已受傷，雖傷非要害，但劇鬥中鮮血飛濺，兩人臉上、袍上、手上都血點斑斑。師兄弟倆越鬥越緊，竟似性命相搏一般。殷素素在旁不住口的推波助瀾，讚幾句高則成，又讚幾句蔣立濤，把兩人激得如顛如痴，恨不得一劍刺倒對手，顯得自己劍法高強，好討佳人歡心。

這時張翠山早已明白，他師兄弟倆忽然捨命惡鬥，全是殷素素從中挑撥，以報復兩人先前出言輕侮天鷹教。眼見兩人初時還不過意欲取勝，到後來已難自制，竟似要致對方死命一般，再鬥下去勢將闖出大禍。看這二人劍法確實精妙，然變化不夠靈動，內力也嫌薄弱，劍法中的威力只發揮得出一二成而已。

殷素素拍手嬉笑，甚是高興，說道：「張五哥，你瞧崑崙派的劍法怎樣？」不聽張翠山回答，一回頭，見他眉頭微皺，頗有厭惡之色，便即改口：「使來使去這幾路，也沒甚麼看頭，咱們到那邊瞧瞧海景去罷！」說著拉了張翠山的左手，舉步便行。

張翠山只覺一隻溫膩軟滑的手掌握住了自己的手，心中一動，明知她是有意激怒高蔣二人，卻也不便掙脫，只得隨著她走向海邊。

殷素素瞧著一望無際的大海，出了一會神，忽道：「《莊子·秋水篇》中說道：『天下之水，莫大於海，萬川歸之，不知何時止而不盈。』然而大海卻並不驕傲，只說：『吾在於天地之間，猶小石小木之在大山也。』莊子眞了不起，胸襟如此博大！」

張翠山見她挑動高蔣二人自相殘殺，引以爲樂，本來頗爲不滿，忽然聽到這幾句話，不禁一怔。《莊子》是道家修眞之士所必讀，張翠山在武當山時，張三丰也常拿來跟他們師兄弟講解。但這殺人不眨眼的女魔頭突然在這當兒發此感慨，實大出於他意料之外。他一怔之下，說道：「是啊，『夫千里之遠，不足以舉其大，千仞之高，不足以極其深。』」殷素素聽他以《莊子·秋水篇》中形容大海的話相答，但臉上神氣，卻有不勝仰慕欽敬之情，說道：「你想起了師父嗎？」

張翠山吃了一驚，情不自禁的伸出右手，握住了她另外一隻手，道：「你怎知道？」當年他在山上和大師兄宋遠橋、三師兄俞岱巖共讀《莊子》，讀到「夫千里之遠，不足以舉其大，千仞之高，不足以極其深」這兩句話時，俞岱巖說道：「咱們跟師父學藝，越學越覺得跟他老人家相差得遠了，倒似每天都在退步一般。用《莊子》上這兩句話來形容他老人家深不可測、高無盡頭的功夫，那才適當。」宋遠橋和張翠山都點頭稱是。這時他想起《莊子》上這兩句話，自然而然的想起了師父。

殷素素道：「你臉上的神情，心中不是想起父母，便是想起了師長，但『千仞之高，不足以極其深』云云，當世除張三丰道長，只怕也沒第二個人當得起了。」張翠山甚喜，讚道：「你眞聰明。」驚覺自己忘形之下握住了她雙手，臉上一紅，緩緩放開。

殷素素道：「尊師的武功到底怎樣出神入化，你能說些給我聽聽麼？」張翠山沉吟半晌，道：「武功只是小道，他老人家所學遠不止武功，唉，博大精深，不知從何說起。」殷素素微笑道：「『夫子步亦步，夫子趨亦趨，夫子馳亦馳；夫子奔逸絕塵，而回瞠若乎後矣。』」張翠山聽她引用《莊子》中顏回稱讚孔子的話，而自己心中對師父確有如此五體投地的感覺，說道：「我師父不用奔逸絕塵，他老人家趨一趨、馳一馳，我就跟不上啦！」心想這女魔頭學識淵博，委實難得。

殷素素聰明伶俐，有意要討好他，兩人自然談得十分投機，久而忘倦，並肩坐在石上，不知時光之過。

忽聽得遠處腳步聲沉重，有人咳了幾聲，說道：「張相公、殷姑娘，午時已到，請去入席罷。」張翠山回過頭來，見常金鵬相隔十餘丈外站著，雖神色莊敬，但嘴角邊帶著一絲微笑。神情之中，便似一個慈祥的長者見到一對珠聯璧合的小情人，大感讚嘆歡喜。殷素素一直對他視作下人，傲不爲禮，這時卻臉含羞澀，低下頭去。張翠山心中光明磊落，但見了兩人神色，禁不住臉上一紅。

常金鵬轉過身來，當先領路。殷素素低聲道：「我先去，你別跟著我一起。」張翠山微微一怔，心道：「這位姑娘怎地避起嫌疑來啦？」便點了點頭。殷素素搶上幾步，和常金鵬並肩而行，只聽她笑問：「那兩個崑崙派的獃子打得怎麼樣啦？」張翠山心中似喜非喜，似愁非愁，直瞧著他二人的背影在樹後隱沒，這才緩緩向山谷中走去。

進得谷口，只見一片青草地上擺著七八張方桌，除東首第一席外，每張桌旁都已坐了人。常金鵬見他走近，大聲道：「武當派張五俠駕到！」這八個字說得聲若雷震，山谷鳴響。他一說完，和白龜壽快步迎了出來，每人身後跟隨著本壇的五名舵主，十二人在谷口一站，並列兩旁，躬身相迎。白龜壽朗聲道：「天鷹敎殷敎主屬下，玄武壇白龜壽、朱雀壇常金鵬，恭迎張五俠大駕。」殷素素並不走到谷口相迎，卻也站起身來。

張翠山聽到「殷敎主」三字，心頭一震，暗想：「那敎主果然姓殷！」作揖說道：「不敢當！」舉步走進谷中，只見各席上坐的衆人均有憤憤不平之色，微感不解，卻也不去理會。他不知海沙派、巨鯨幫、神拳門各路首領到來之時，天鷹敎只派壇下的一名舵主引導入座，絕不似對張翠山這般恭敬有禮，相形之下，顯然對之禮敬大大不如。

白龜壽引著他走到東首第一席上，肅請入座。這張桌旁只擺著一張椅子，乃是各桌之中最尊貴的首席。張翠山一瞥眼，見其餘各席上大都坐了七八人，只第六席上坐著高則成和蔣立濤二人。他朗聲辭道：「在下末學後進，不敢居此首席。請白兄移到下座去罷。」白龜壽道：「武當派乃方今武林中的泰山北斗，張五俠威震天下，若不坐此首席，在座的沒人敢坐。」張翠山記著師父平時常說的「寧靜謙抑」之訓，心想：「倘若師父或大師哥在此，這首座自可坐得，我卻不配。」堅意辭讓。

高則成和蔣立濤使個眼色，蔣立濤忽地提起自己座椅，凌空擲來。他這一席和首席之間隔開五張桌子，但他這一擲勁力甚強，只聽呼的一聲，那椅子飛越五張桌旁各人頭頂，在第一席邊落下，端端正正的擺好，與原有的一張椅子相距尺許，這一手巧勁，確是造詣不凡。蔣立濤一擲出椅子，高則成便大聲道：「嘿嘿，泰山北斗，不知是誰封的？姓張的不敢坐，咱師兄弟還不致於這般膿包。」兩人身法如風，搶到椅旁。

原來先前殷素素問他二人到底誰的武功高些，說想學幾招崑崙派的劍法，準擬向劍法高明些的人求教。二人毫不推辭，便拔劍餵招。初時也只不過想勝過對方，但越打越狠，漸漸收不住手，殷素素又在旁挑撥，兩人竟致一齊受傷。待見她和張翠山神情親密的走開，才知上了當，兩人收劍裹傷，又惱又妒，卻不敢向殷素素發作，這時乘機搶奪張翠山的席位，想激他出手，在羣雄面前狠狠的折辱他一番。

常金鵬伸手攔住，說道：「且慢！」高則成伸指作勢，便欲往常金鵬臂彎中點去。張翠山道：「兩位坐此一席，最合適不過。小弟便坐那邊罷！」說著舉步往第六席走去。殷素素忽然伸手招了招，叫道：「張五哥，到這裏來。」

張翠山不知她有甚麼話說，便走近身去。殷素素隨手拉過一張椅子，放在自己身旁，微笑道：「你坐這裏罷。」張翠山萬料不到她會如此脫略形跡，在羣豪注目之下，頗覺躊躇，若跟她並肩同席，未免過於親密，倘不依言就坐，又不免要使她無地自容。殷素素低聲道：「我還有話跟你說呢！」張翠山見她臉上露出求懇之色，不便推辭，便在椅上坐下。殷素素心花怒放，笑吟吟的給他斟了杯酒。

這邊高則成和蔣立濤雖搶到了首席，但見了這等情景，只有惱怒愈增。白龜壽伸手在椅子上拂了幾下，掃去灰塵，笑道：「崑崙派的兩位大劍客要坐個首席，那可不錯啊，請坐，請坐！」說著和常金鵬及十名舵主各自回歸主人席位就座。高則成和蔣立濤均想：「這膿包不敢坐首席，武當派的威風終究給崑崙派壓了下去。」兩人對望一眼，大剌剌的坐下。

只聽得喀喇、喀喇兩聲，椅腳斷折，兩人一齊向後摔跌。總算兩人武功不弱，不待背心著地，伸手在地下一撐，已自躍起，但饒是如此，神情已異常狼狽。各席上的豪客忍不住都哈哈大笑。高蔣二人均知是白龜壽適才用手拂椅，暗中作了手腳，暗想這份陰勁著實厲害，自己可沒如此功力。他二人本來十分自負，把天鷹教當作是下三濫的旁門左道，毫沒瞧在眼裏，這才在王盤山上如此飛揚拔扈，此刻見白龜壽顯示了這般功力，不由得銳氣大挫。卻聽白龜壽冷冷的道：「崑崙派的武功，大家都知道是高的，兩位不用尋這兩張椅子的晦氣。說到坐爛椅子這點粗淺功夫，在座諸君沒一位不會罷？」說著右手一揮，指著坐在末席的十名舵主，道：「你們也練一練罷！」

但聽得喀喇喇幾聲猛響，十張椅子一齊破裂。那十名舵主有備而發，坐碎椅子後笑吟吟的站著，神定氣閒，可比高蔣二人狼狽摔倒的情形高明得太多了。在座羣豪大都是見多識廣之士，自瞧出白龜壽故意作弄他二人，只這情景確實有趣，便都放聲大笑。

笑聲中只見天鷹教的兩名舵主各抱一塊巨石，走到第一席之旁，伸足踢去破椅，說道：「木椅單薄，無力承當兩位貴體，請坐在這石頭上罷！」這兩人是天鷹教中出名的大力士，武功平平，但身軀粗壯，天生神力，每人所抱的巨石都有四百來斤，托起巨石便遞給高蔣二人，要他們接住。

高蔣二人劍法精妙，要接住這般巨石卻萬萬不能。高則成皺眉道：「放下罷！」兩名大力舵主齊聲「嘿」的一聲猛喝，雙臂挺直，將巨石高舉過頂，說道：「接住罷！」這麼一來，逼得高蔣二人只有縮身退開，只怕兩個大力士中有一個力氣不繼，稍有閃失，那四五百斤的大石壓將下來，豈不給壓得筋斷骨折？他二人心中氣惱，卻又不敢出手襲擊這兩個大力士，巨石橫空，誰也不敢靠近，自履險地。

白龜壽朗聲道：「兩位崑崙劍客不坐首席啦，還是請張相公坐罷！」

張翠山坐在殷素素身旁，香澤微聞，心中甜甜的，不禁神魂飄蕩，忽地聽得白龜壽這麼一喝，登時警覺：「我可不能自墮魔障，跟這邪教女魔頭有甚牽纏。」當即站起，走了過去。

白龜壽聽常金鵬讚張翠山武功了得，他卻不曾親眼得見，這時有心要試他一試，向兩名手托巨石的大力舵主使個眼色。

兩名舵主會意，待張翠山走近，齊聲喝道：「張相公小心，請接住了！」喝聲過去，兩人身子稍矮，雙臂下縮，隨即長身展臂，大叫一聲，兩塊巨石齊向張翠山頭頂壓將下來。羣豪見了這等聲勢，情不自禁的一齊站起。

白龜壽本意只是要一試張翠山的武功，絕無惡意，一來「武當七俠」的名頭在江湖上太響，今日見他不過是個溫文藴藉的青年書生，頗出意料之外；二來殷姑娘向來沒把誰瞧在眼裏，對這位「張五俠」卻顯然十分傾倒，很想知道此人的眞正底細。忽見這兩名大力舵主莽莽撞撞的擲出巨石，登時好生後悔，暗叫：「糟糕！」心想張翠山是名門弟子，當然不致爲巨石所傷，但縱躍閃避之際，情狀也必狼狽，倘若不幸竟爾小小出了些醜，不但張翠山見怪，殷姑娘更要大爲恚怒。他頃刻間便打定了主意，若情勢不妙，立時便要嫁禍於那兩名舵主，寧可將兩人立斃於掌底，也不能開罪了殷姑娘。

張翠山忽見巨石凌空壓到，也吃了一驚，如後躍避開，便和崑崙派的高蔣二人一般無異，未免墮了師門威望，這時候不容細想，當此緊迫關頭，平素蓄積的功夫自然而然使將出來，右手使一招「武」字訣中的右鉤，帶動右方壓來的巨石，左手使一招「刀」字訣中的左撇，帶動左方壓來的巨石。兩塊巨石各有四百來斤，再加上凌空一擲之勢，更加非同小可。張翠山不以膂力見長，要他空手去托，一塊巨石也舉不起來。可是張三丰這套從書法中化出來的招術，實是奪造化之奇的神功。武當一派的武功原不求力大，亦不求招快，精微要旨端在勁力吞吐，時刻方位，不失釐毫，則四兩之力，可撥千斤。這時張翠山使出師門所授最精深的功夫，借著兩名舵主的一擲之勢，帶著兩塊巨石直飛上天。

這兩塊巨石飛擲之力，其實出自兩名舵主，只是他以手掌稍加撥動，變了方向。他長袖飛舞，手掌隱在袖中，旁人看來，竟似以衣袖捲起巨石擲向天空一般。兩塊巨石一高一低，先後跌落。張翠山使出「梯雲縱」輕功，輕飄飄的縱身而起，盤膝坐在較高的那塊石上。

但聽得騰的一響，一塊巨石落下，地面震動，第二塊跟著落下，擱在第一塊石上，兩石相碰，火花四濺，只震得每一席上碗碟都叮叮噹噹的亂響。張翠山不動聲色的坐在石上，笑道：「兩位舵主神力驚人，佩服，佩服！」

那兩名舵主卻驚得目瞪口呆，呆呆的站在當地，一句話也說不出來。

片刻之間，山谷中寂靜無聲，隔了片晌，才暴出轟雷價一片采聲，良久不絕。

殷素素向白龜壽瞪了一眼，笑靨如花，得意之極。白龜壽大喜，自己險些做了錯事，幸好張翠山武功驚人，卻將此事變成了自己討好殷姑娘之舉，於是端起一張椅子，走到首席之旁放下，說道：「張五俠請坐。久聞武當七俠威名，今日得見張五俠神功，當眞佩服得五體投地。小人敬張五俠一杯。」斟了杯酒，一飲而盡。張翠山從巨石躍下，說道：「不敢！」陪了一杯。

白龜壽朗聲說道：「敝教新近得了一柄寶刀，叫作屠龍刀。有道是：『武林至尊，寶刀屠龍，號令天下，莫敢不從！』」說到這裏，頓了一頓，晶亮閃爍的眼光從左至右，掃視全場。他身形並不魁梧，但語聲響亮，目光銳利，威嚴之氣懾人，又道：「敝教殷教主原擬柬請天下各路英雄大會天鷹山，展示寶刀，只是此舉籌劃費時，須得假以時日。誠恐天下英雄不知寶刀已爲敝教所得，因此上就近奉請江南諸幫會各位朋友駕臨王盤山，瞧一瞧寶刀的眞相。」說著揮了揮手。

教下八名弟子大聲答應，轉身走進西首一個大山洞中。衆人只道這八名弟子去取寶刀，目光都凝望著他們，那知八人出來時上身都脫光了，從山洞中抬出一隻大鐵鼎來。鐵鼎中燒著熊熊烈火，火燄衝起一丈來高。八個人離得遠遠的，用長鐵桿肩抬而來，吆喝喝，將鐵鼎放在廣場中心。衆人爲火燄一逼，登時大感炙熱。那八人之後，又有四人，兩人抬著一座打鐵用的大鐵砧，另外兩人手中各舉一個大鐵錘。

白龜壽道：「常壇主，請你揚刀立威！」

常金鵬道：「遵命！」轉身叫道：「取刀來！」

適才挺舉巨石的那兩名神力舵主走進山洞，回出來時，一人手中橫托一個黃綾包裹，另一人在旁護衛。那舵主雙手將包裹捧給常金鵬，兩人站在他左右兩旁。常金鵬打開包裹，露出一柄單刀。他托在手裏，舉目向衆人一望，唰地拔刀出鞘，說道：「這一把便是武林至尊的屠龍寶刀，各位請看仔細了！」說著托刀齊頂，爲狀甚是恭敬。

羣豪久聞屠龍寶刀之名，但見這刀黑黝黝的毫不起眼，心中都存了一個疑團：「怎知此刀是眞是假？」只見常金鵬緩緩將刀交給了左首舵主，說道：「試鐵錘！」

那舵主接過單刀，將刀擱在鐵砧之上，刀口朝天，另一名神力舵主提起大鐵錘，便往刀口上擊落。只聽得噹的一聲輕響，鐵錘的錘頭中分爲二，一半連在錘桿，另一半跌落在地。羣豪一驚之下，都站了起來，均想：斷金切玉的寶劍利刃雖然罕見，卻也不是絕無僅有，但這柄屠龍刀削鐵錘如切豆腐，連叮噹之聲也聽不到半點，若非神物，便是其中有弊。

神拳門和巨鯨幫中各有一人走到鐵砧之旁，撿起那半塊鐵錘來看時，但見切口處平整光滑、閃閃發光，顯是新削下來的。

那神力舵主提起另一個鐵錘擊在刀上，又是輕輕剖開。這一次羣豪盡皆大聲喝采。

張翠山心想：「如此寶刀，當眞見所未見，聞所未聞。」

常金鵬緩步走到場中，提起寶刀，使一招「上步劈山」，嗤的一聲輕響，將大鐵砧中劈爲二。突然間搶到左首，橫刀一揮，從一株大松樹腰間掠了過去，跟著縱躍奔走，舉刀連揮，接連掠過了一十八棵大樹。羣豪但見他連連舞動寶刀，那些大樹卻好端端地絕無異狀，正自不解，忽聽得常金鵬一聲長笑，走到第一株大松樹旁，衣袖拂出，擊在松樹腰間，只聽得喀喇喇一聲響，那松樹向外倒去。原來這松樹早已爲寶刀齊腰斬斷，只是那刀實在太過鋒利，常金鵬使的力道又極均衡，松樹斬斷之後，上半截仍穩穩的置在下半截之上，直至遇到外力推動，這才倒塌。那大松樹一斷，帶起一股烈風，但聽得喀喇、喀喇之聲不絕，其餘的大樹都一棵棵的倒了下來。

常金鵬哈哈一笑，手一揮，將那屠龍寶刀擲進了烈燄沖天的大鐵鼎中。

大樹倒塌之聲尚未斷絕，忽然遠處跟著傳來喀喇、喀喇的聲音，似乎也有人在斬截大樹。白龜壽和常金鵬等都是一愣，循聲望去，只見聳立的船桅一根根倒將下去。那些桅桿上都懸有座旗。天鷹教、巨鯨幫、海沙派、神拳門各門各派的首腦見自己座旗紛紛隨著旗桿倒落，無不大爲驚怒，各遣手下前去查問。

但聽得砰嘭之聲不絕，頃刻之間，衆桅桿或倒或斜，無一得免，似乎停在港灣中的船隻突然遇到風暴還是海怪，一艘艘的破碎沉沒。聚在草坪上的羣豪斗遭此變，一時說不出話來，初時還疑心是天鷹教布置下的陰謀，但見天鷹教的船隻同時遭劫，看來卻又不是。

第二批人跟著奔去查問。草坪和港灣相距不遠，奔去的十餘人卻無一回轉。

衆人面面相覷，驚疑不定。白龜壽向本壇的一名舵主道：「你去瞧瞧。」那舵主應命而去。白龜壽強作鎭定，笑道：「想是海中有甚變故，各位也不必在意。就算船隻盡數毀了，難道咱們不能坐木筏回去嗎？來來來，大家乾一杯！」羣豪心中嘀咕，可不能在人前示弱，一齊舉杯，剛沾到口唇，忽聽得港灣旁一聲大呼，叫聲慘厲，劃過長空。

白龜壽和常金鵬聽出這慘呼是適才去查問的那舵主所發，一怔之間，只聽得騰騰騰的腳步聲落地甚重，漸奔漸近，跟著一個血人出現在衆人之前，正是那個舵主。

他雙手按住臉孔，手指縫中滲出血來，頂門上去了一塊頭皮，自胸口直至小腹、大腿，衣衫盡裂，一條極長的傷口也不知多深，血肉模糊，慘聲叫道：「金毛獅王！金毛獅王！」說到這裏，已支持不住，俯身摔倒，氣絕而死。殷素素和白龜壽等都知金毛獅王的來歷，聞名都大吃一驚。白龜壽道：「我去瞧瞧。」常金鵬道：「我和你同去。」白龜壽道：「你保護殷姑娘。」常金鵬點頭道：「是！」

忽聽得有人沉聲說道：「金毛獅王早在這裏了！」聲音沉實厚重，嗡嗡震耳。衆人吃了一驚，只見大樹後緩步走出一人。那人身裁魁偉異常，滿頭黃髮，散披肩頭，眼睛碧油油的發光，手中拿著一根一丈三四尺長的狼牙棒，在筵前這麼一站，威風凜凜，眞如天神天將一般。

張翠山暗自尋思：「金毛獅王？這渾號自是因他的滿頭黃髮而來了，他是誰啊？可沒聽師父說起過。」

白龜壽卻早知此人來歷，按著江湖禮數，上前數步，拱手說道：「請問尊駕是謝法王罷？」那人道：「不敢，在下正是姓謝，單名一個遜字，表字退思，有個小小外號，叫作『金毛獅王』。」張翠山心想：「這人神態如此威猛，取的名字卻斯文得緊，外號倒適如其人。」白龜壽聽他言語有禮，說道：「久仰謝法王大名，如雷貫耳。謝法王乃明教護教法王，跟敝教殷教主素有淵源，何以一至島上，便即毀船殺人？」

謝遜微微一笑，露出一口白牙，閃閃發光，說道：「各位聚在此處，所爲何來？」

白龜壽心想：「此事也瞞他不得。這人武功縱然厲害，但他總是單身，我和常壇主聯手，再加上張五俠、殷姑娘從旁相助，或可對付得了他。」朗聲說道：「敝教天鷹教新近得了一柄寶刀，邀集江湖上的朋友，大夥兒在這裏瞧瞧。」

謝遜瞪目瞧著大鐵鼎中那柄正受烈火鍛燒著的屠龍刀，見那刀在烈燄之中不損分毫，的是神物利器，便大踏步走將過去。

常金鵬見他伸右手便去抓刀，叫道：「住手！」謝遜回頭淡淡一笑，道：「幹甚麼？」常金鵬道：「此刀是敝教所有，謝法王但可遠觀，請勿碰動。」謝遜道：「這刀是你們鑄的？是你們買的？」常金鵬啞口無言，一時答不出話來。謝遜道：「你們從別人手上奪來，我便從你們手上取去，天公地道，有甚麼使不得？」說著轉身又去抓刀。

嗆啷啷一響，常金鵬從腰間解下西瓜流星鎚，喝道：「謝法王，你再不住手，我可要無禮了。」他言語中似是警告，其實聲到鎚到，左手的鋼鐵大西瓜向他後心直撞過去。謝遜更不回頭，將狼牙棒向後揮出，噹的一聲巨響，那鋼鐵大西瓜給狼牙棒一撞，疾飛回來，迅速無倫。常金鵬大驚，右手鋼西瓜急忙揮出，雙瓜猛碰。不料謝遜神力驚人，雙瓜同時飛轉，撞在常金鵬胸口。常金鵬身子一晃，倒地斃命。他在錢塘江中鎚碎麥少幫主的座船時何等神威，這時卻禁不起謝遜狼牙棒的一撞。

朱雀壇屬下的五名舵主大驚，一齊搶了過去。兩人去扶常金鵬，三人拔出兵刃，不顧性命的向謝遜攻去。謝遜揮狼牙棒在鐵鼎下一挑，那隻燒得暗紅的大鐵鼎飛了起來，橫掃而至，將三名舵主同時壓倒。大鐵鼎餘勢未衰，在地下打了個滾，又將扶著常金鵬的兩名舵主撞翻，屠龍刀落在地下。五名舵主和常金鵬屍身上衣服一齊著火，其中四名舵主已給鐵鼎撞死，餘下的一名在地下哀號翻滾。

衆人見了這等聲勢，無不心驚肉跳，但見謝遜一舉手之間，連斃五名好手，餘下那名舵主看來也重傷難活。張翠山行走江湖，會見過的高手著實不少，可是如謝遜這般超人的神力武功，卻從未見過，暗忖自己決不是他敵手，便大師哥、二師哥，也頗有不如。當今之世，除非是師父下山，否則不知還有誰能勝得過他。

謝遜待屠龍刀在地下熱氣消散，拾起來伸指一彈，刀上發出非金非木的沉鬱之聲，點頭讚道：「無聲無色，神物自晦，好刀啊好刀！」抬起頭來，向白龜壽身旁的刀鞘望了一眼，說道：「這是屠龍刀的刀鞘罷？拿過來。」

白龜壽心知當此情勢，自己的性命十成中已去了九成，倘若送上刀鞘，不但一世英名化於流水，而且日後教主追究罪責，不免死得更加慘酷，但此刻和他硬抗，那也是有死無生，凜然說道：「你要殺便殺，姓白的豈是貪生怕死之輩？」

謝遜微微一笑，道：「硬漢子，硬漢子！天鷹教中果然還有幾個人物。」突然間右手一揚，那柄沉重之極的屠龍刀猛地向白龜壽飛去。白龜壽早在提防，突見他寶刀出手，知道此人的手勁大得異乎尋常，不敢用兵器擋格，更不敢伸手去接，急忙閃身避讓。那知這寶刀斜飛而至，唰的一聲，套入了平放在桌上的刀鞘之中，這一擲力道強勁，帶動刀鞘，繼續激飛出去。謝遜伸出狼牙棒，一搭一勾，將屠龍刀連刀帶鞘的引過來，隨手插在腰間。這一下擲刀取鞘，準頭之巧，手法之奇，實屬匪夷所思。

他目光自左至右，向羣豪瞧了一遍，說道：「在下要取這柄屠龍刀，各位有何異議？」他連問兩聲，誰都不敢答話。

忽然海沙派席上一人站起身來，說道：「謝前輩德高望重，名揚四海，此刀正該歸謝前輩所有。我們大夥兒都非常贊成。」謝遜道：「閣下是海沙派的總舵主元廣波罷？」那人道：「正是。」他聽謝遜知道自己姓名，旣覺歡喜，又不禁惶恐。

謝遜道：「你可知我師父是誰？是何門何派？我做過甚麼好事？」元廣波囁嚅道：「這個……謝前輩您……」他實是全無所知。謝遜冷冷的道：「我的事你甚麼也不知，怎說我德高望重，名揚四海？你這人諂媚趨奉，滿口胡言。我生平最瞧不起的，便是你這般無恥小人。給我站出來！」最後這幾句話每一字便似打一個轟雷。元廣波爲他威勢所懾，不敢違抗，低著頭走到他面前，不由自主的身子不停打戰。

謝遜道：「你海沙派武藝平常，專靠毒鹽害人。去年在海門害死張登雲全家，最近長白三禽在餘姚身死，都是你做的好事罷？」元廣波大吃一驚，心想這兩件案子做得異常隱秘，怎會給他知道？謝遜喝道：「叫你手下裝兩大碗毒鹽出來，給我瞧瞧，到底是怎麼樣的東西。」海沙派幫衆人人攜帶毒鹽，元廣波不敢違拗，只得命手下裝了兩大碗出來。

謝遜取了一碗，湊到鼻邊聞了幾下，說道：「咱們每個人都吃一碗。」將狼牙棒往地下一揷，一把將元廣波抓過，喀喇一響，揑脫了他下巴，令他張著嘴無法合攏，將一大碗毒鹽盡數倒入他嘴裏。海門張登雲全家在一夜之間爲人殺絕，是近年來武林中的一件疑案。張登雲在江湖上聲名向來不壞，想不到竟爲海沙派的元廣波所害，張翠山見他給逼吞毒鹽，不禁頗覺痛快。

謝遜拿起另一大碗毒鹽，說道：「我姓謝的做事公平。你吃一碗，我陪你吃一碗。」張開大口，將那大碗鹽都倒入了嘴裏。

這一著大出衆人意料之外。張翠山見他雖出手兇狠，但眉宇間正氣凜然，何況他所殺的均是窮兇極惡之輩，心中對他頗具好感，忍不住勸道：「謝前輩，這等奸人死有餘辜，何必跟他一般見識？」謝遜橫過眼來，瞪視著他。張翠山微微一笑，竟無懼色。謝遜道：「閣下是誰？」張翠山道：「晚輩武當張翠山。」謝遜道：「嗯，你是武當派張五俠，你也是來爭奪屠龍刀麼？」張翠山搖頭道：「晚輩到王盤山來，是要查問我師哥俞岱巖受傷的原委，謝前輩如知曉其中情由，敬盼示知。」

謝遜尚未回答，只聽得元廣波大聲慘呼，捧住肚子在地下亂滾，滾了幾轉，蜷曲成一團而死。張翠山急道：「謝前輩快服解藥。」謝遜道：「服甚麼解藥？取酒來！」天鷹教中接待賓客的司賓忙取酒杯酒壺過來。謝遜喝道：「天鷹教這般小器，拿大罈來！」那司賓親自捧了一大罈陳酒，恭恭敬敬的放在謝遜面前，心想：「你服毒之後再喝酒，嫌死得不夠快麼？」

只見謝遜捧起酒罈，骨都骨都的狂喝入肚，這一罈酒少說也有二十來斤，竟給他片刻間喝得乾乾淨淨。他撫著高高凸起的大肚子拍了幾拍，突然一張口，一道白練也似的酒柱激噴而出，打向白龜壽胸口。白龜壽待得驚覺，酒柱已打中身子，便似一個數百斤的大鐵錘連續打到一般，饒是他一身精湛內功，也感抵受不住，晃了幾晃，昏暈在地。

謝遜轉過頭來，噴酒上天，酒水如雨般撒將下來，都落在巨鯨幫一干人身上。自幫主麥鯨以下，人人都淋得滿頭滿臉，那酒水腥臭不堪，功力稍差的都暈了過去。原來謝遜飲酒入肚，洗淨胃中的毒鹽，再以內力逼出，這二十多斤酒都變成了毒酒，他腹中留存的毒質已微乎其微，以他內力之深，這些微毒質已不能爲害。

巨鯨幫幫主麥鯨受他這般戲弄，霍地站起，轉念一想，終於不敢發作，重又坐下。

謝遜說道：「麥幫主，今年二月間，你在閩江口搶劫一艘遠洋海船，可是有的？」麥鯨臉如死灰，道：「不錯。」謝遜道：「閣下在海上爲寇，若不打劫，何以爲生？這一節我也不來怪你。但你將數十名無辜客商盡數抛入海中，又將七名婦女輪姦致死，是否太過傷天害理？」麥鯨道：「這……這……這是幫中兄弟們幹的，我……我可沒有。」

謝遜道：「你手下人這般窮凶極惡，你不加約束，與你自己所幹何異？是那幾個人幹的？」麥鯨身當此境，只求自己免死，拔出腰刀，說道：「蔡四、花青山、海馬胡六，那天的事，你們三個有份罷！」唰唰唰三刀，將身旁三人砍翻在地。這三刀出手也眞利落快捷，蔡四等三人絕無反抗餘地，立時中刀斃命。

謝遜道：「好！只不免太遲了一點，又非你的本願。倘若你當時殺了這三人，今日我也不會來跟你比武了。麥幫主，你最擅長的功夫是甚麼？」

麥鯨見仍是不了，心道：「在陸上比武，只怕跟他走不上三招。到了大海之中，卻是我的天下了。便算不濟，總能逃走，難道他水性能及得上我？」說道：「在下想領教一下謝前輩的水中功夫。」謝遜道：「比水中功夫，須得到海裏去比試，一來太也費事，二來我一走開，只怕這裏的人都要逃走！」

衆人都心中一凜，暗想：「他怕我們逃走，難道他要將這裏的人個個害死？」

麥鯨忙道：「其實便到海中比試，在下也決不是謝前輩對手，我認輸就是。」謝遜道：「噫，那倒省事。你既認輸，這就橫刀自殺罷。」麥鯨心中怦的一跳，道：「這個……這個比武，勝負原是常事，輸了用不著自殺罷……」謝遜喝道：「胡說八道！諒你也配跟我比武？今日我是索債討命來著。咱們學武的，手上豈能不沾鮮血？可是謝某生平只殺身有武功之人，最恨欺凌弱小，殺害從未練過武功的婦孺良善。凡是幹過這種事的，謝某今日一個也不放過。」

張翠山聽到這裏，情不自禁的向殷素素偷瞧了一眼，心想她殺害龍門鏢局滿門老幼數十口，其中自有不少是絲毫不會武功的，謝遜若知此事，也當找她算帳，只見殷素素臉色蒼白，嘴唇微微顫動。張翠山又想：「謝遜若要殺她，我是否出手相救？我如出手，只不過白饒上自己一條性命，何況她也可說是罪有應得，但是……但是……我難道眼睜睜的瞧著人行兇，袖手不理？」

只聽謝遜又道：「不過怕你們死得不服，才叫你們一個個施展生平絕藝，只要有一技之長能勝過我的，便饒了你性命。」

他說了這番話，從地下抓起兩把泥來，倒些酒水，和成了兩團濕泥，對麥鯨道：「水性優劣，端瞧你能在水底支持多久，我和你各用濕泥封住口鼻，誰先忍耐不住伸手揭泥，誰便橫刀自盡。」也不問麥鯨是否同意，將左手中的濕泥貼在自己臉上，封住了口鼻，右手一揚，啪的一聲，另一塊濕泥飛擲過去，封住了麥鯨口鼻。

衆人見了這等情景，雖覺好笑，但誰都笑不出來。

麥鯨早已深深吸了口氣，當濕泥封住口鼻，便盤膝坐倒，屏息不動。他從七八歲起，便常鑽到海底摸魚捉蟹，水性極高，便一炷香不出水面，也淹他不死，因此這般比試他自信決不能輸，焦慮之心既去，凝神靜心，更能持久。

謝遜卻不如他這般靜坐不動，大踏步走到神拳門席前，斜目向著掌門人過三拳瞪視。過三拳給他看得心中發毛，站起身來，抱拳說道：「謝前輩請了，在下過三拳。」

謝遜嘴巴受封，不能說話，伸出右手食指，在酒杯中蘸了些酒，在桌上寫了三個字。過三拳登時臉如死灰，神色恐怖已極，宛似突然見到勾魂惡鬼一般。跟他同席的弟子垂目向桌上看去，見謝遜所寫的乃「崔飛煙」三個字。那弟子茫然不解，心想「崔飛煙」似是一個女子名字，何以師父見了這三字如此害怕？

過三拳自然知道崔飛煙是自己嫡親嫂子，自己逼姦不遂，將她害死，心想：「反正他饒我不過，還不如乘他口鼻上濕泥未除，全力進攻，他若運氣發拳，勢必會輸了給麥鯨。」朗聲道：「在下執掌神拳門，生平學的乃是拳法，向前輩討教幾招。」也不待謝遜是否答允，呼的一拳向他小腹擊去，一拳既出，第二拳跟著遞了出去。過三拳這名字的由來，乃因他拳力極猛，一拳可斃牯牛，尋常武師萬萬擋不住他三拳的轟擊，江湖上傳揚開來，他本來的名字反沒人知道了。他心知眼前之事，利於速攻，倘若麥鯨先忍不住而揭去口鼻上的濕泥，那麼謝遜自可跟著揭去，但此刻自己卻佔著極大便宜，對方不能喘氣運力，武功自然大打折扣。

他兩拳擊出，謝遜隨手化解。過三拳只覺對方的勁力頗為軟弱，和適才震死常金鵬、噴倒白龜壽的神威大不相同，大叫：「第三拳來了！」他這第三拳有個囉唆名目，叫作「橫掃千軍，直摧萬馬」，是他生平所學最厲害的一招，這一招拳法傷過不少江湖上成名的英雄好漢。

這時麥鯨面紅耳赤，額頭汗如雨下，勢難再忍，麥少幫主見父親情勢危急，而謝遜卻正在和過三拳比拳，靈機一動，伸手到鄰座本幫一個女舵主頭髮上拔下一根銀釵，拗下釵腳寸許來的一截，對準麥鯨的嘴巴伸指彈出。這半截銀釵刺到麥鯨口中，雖不免傷及他咽喉齒舌，但在濕泥上刺了一個小孔，稍有氣息透入，這場比試便立於不敗之地。

半截銀釵離麥鯨身前尚有丈許，謝遜斜目已然瞥見，伸足在地下一踢，一粒小石子飛了起來，正好打中那半截銀釵。銀釵嗤的一聲飛回，勢頭勁急異常，麥少幫主「啊」的一聲慘叫，按住右目，鮮血涔涔而下，斷釵已將他一眼刺瞎。

麥鯨伸手欲抹開口鼻上的濕泥，謝遜又踢出兩塊石子，啪啪兩聲，分別打在他雙肩，左右肩骨碎裂，手臂再也無法動彈。

便在此時，過三拳的第三拳已擊中謝遜小腹。這一拳勢如風雷，拳力未到，拳風已極威猛，過三拳料想對方不敢硬接硬架，定須閃避，但不論避左避右、竄高縮後，他都預伏下異常厲害的後著。豈知謝遜身子竟然不動，過三拳大喜，這一拳端端正正的擊中他小腹。人身小腹本來極爲柔軟，但他著拳時如中鐵石，剛知不妙，已狂噴鮮血而死。

謝遜回過頭來，見麥鯨雙眼翻白，已氣絕而死。他先除去麥鯨口鼻上的濕泥，探了探他鼻息，這才抹去自己口鼻上的濕泥，仰天長笑，說道：「這兩人生平作惡多端，到今日遭受報應，已是遲了。」斗然間雙目如電，射向崑崙派的兩名劍客，從高則成望到蔣立濤，又從蔣立濤望到高則成，良久不語。

高蔣二人臉色慘白，但昂然持劍，都向他瞪目而視。

張翠山見謝遜頃刻間連斃四大幫會的首腦人物，接著便要向高蔣二人下手，站起身來，說道：「謝前輩，據你所云，適才所殺的數人都死有餘辜，罪有應得。但如你不分青紅皂白的濫施殺戮，與這些人又有甚麼分別？」謝遜冷笑道：「有甚麼分別？我武功高，他們武功低，強者勝而弱者敗，便是分別。」張翠山道：「人之異於禽獸，便是要分辨是非，倘若一味恃強欺弱，又與禽獸何異？」

謝遜哈哈大笑，說道：「難道世上當眞有分辨是非之事？當今蒙古人做皇帝，愛殺多少漢人便殺多少，他跟你講是非麼？蒙古人要漢人的子女玉帛，伸手便拿，漢人倘若不服，他提刀便殺，他跟你講是非麼？」

張翠山默然半晌，說道：「蒙古人暴虐殘惡，行如禽獸，凡有志之士，無不切齒痛恨，日夜盼望逐出韃子，還我河山。」謝遜道：「從前漢人自己做皇帝，難道便講是非了？岳飛是大忠臣，爲甚麼宋高宗殺了他？秦檜是大奸臣，爲甚麼身居高位，享盡了榮華富貴？」張翠山道：「南宋諸帝任用奸佞，殺害忠良，罷斥名將，終至大好河山淪於異族之手，種了惡因，致收惡果，這就是辨別是非啊。」

謝遜道：「昏庸無道的是南宋皇帝，但金人、蒙古人所殘殺虐待的卻是普天下的漢人。請問張五俠，這些老百姓又作了甚麼惡，以致受此無窮災難？」張翠山默然。殷素素突然接口道：「老百姓無拳無勇，自然受人宰割。所謂人爲刀俎，我爲魚肉，那也事屬尋常。」

張翠山道：「咱們辛辛苦苦的學武，便是要爲人伸冤吐氣，鋤強扶弱。謝前輩英雄無敵，以此絕世武功行俠天下，蒼生皆蒙福蔭。」

謝遜問道：「行俠仗義有甚麼好？爲甚麼要行俠仗義？」

張翠山一怔，他自幼便受師父教誨，在學武之前，便已知行俠仗義是須當終身奉行不替的大事，所以學武，正是爲了行俠，行俠是本，而學武是末。在他心中，從未想到過「行俠仗義有甚麼好？爲甚麼要行俠仗義？」的念頭，只覺這是當然之義，自明之理，根本不須思考，這時聽謝遜問起，他一呆之下，才道：「行俠仗義嘛，那便是伸張正義，使得善有善報，惡有惡報了。」

謝遜淒厲長笑，說道：「善有善報，惡有惡報？嘿嘿，胡說八道！你說武林之中，當眞善有善報、惡有惡報麼？」

張翠山道：「適才海沙派、巨鯨幫、神拳門這幾個首腦惡事多爲，或親手戕害良善，或縱容下屬殺傷無辜，謝前輩一一秉公處理。這幾人所遭，便是惡有惡報了。」他顧及殷素素面子，不提天鷹教。謝遜低沉著聲音問道：「那麼善有善報呢？」

張翠山驀地想起了俞岱巖來，三師哥一生積善無數，卻毫沒來由的遭此慘禍，這「善有善報」四字，自己實再難以信之不疑，慘然嘆道：「天道難言，人事難知。咱們但求心之所安，義所當爲，至於爲禍是福，也計較不來了。」

謝遜斜目凝視，說道：「素聞尊師張三丰先生武功冠絕當世，可惜緣慳一面。你是他及門高弟，見識卻如此凡庸，想來張三丰也不過如此，這一面不見也罷。」

張翠山聽他言語之中對恩師大有輕視之意，忍不住勃然發作，說道：「我恩師學究天人，豈是凡夫俗子所能窺測？謝前輩武功高強，自非後學小子所及，但在我恩師看來，或許也不過是一勇之夫罷了。」殷素素忙拉了拉他衣角，示意他暫忍一時之辱，不可吃了眼前虧。張翠山心道：「大丈夫死則死耳，可決不能容他辱及恩師。」

那知謝遜卻並不發怒，淡淡的道：「張三丰先生開創宗派，想來武功上必有獨特造詣。武學之道，無窮無盡，我如不及尊師，那也不足爲奇。總有一日，我要上武當山去領教一番。張五俠，你最擅長的是甚麼功夫，姓謝的想見識見識。」

倚天屠龍記(大字版) / 金庸作. -- 二版.
-- 臺北市 : 遠流, 2017.10
冊 ; 公分. -- (大字版金庸作品集 ; 31–38)

ISBN 978-957-32-8103-0 (全套 : 平裝).

857.9 106016638